·一本书读完纯美的古典诗词·

人一生要读的

古典诗词

④

明 道 主编

团结出版社

南乡子　登京口北固亭有怀

何处望神州？满眼风光北固楼。千古兴亡多少事，悠悠。不尽长江滚滚流。

年少万兜鍪[1]，坐断东南战未休[2]。天下英雄谁敌手？曹刘。生子当如孙仲谋。

【注释】

①兜鍪（móu）：古代打仗时戴的头盔。此处指代将士。②坐断：占据。

【词解】

何处可以望到中原？站在北固楼上眺望，满眼是美好的风光，但是中原还是看不见。千古兴亡，往事悠悠，都随不尽的长江水，滚滚东流。

当年轻的孙权成为三军统帅，他能够独霸东南，坚持抗战。天下的英雄有谁堪称是他的敌手？只有曹操和刘备而已，所以也就难怪曹操说：“生子当如孙仲谋。”

姜　夔

姜夔（1155～1221年），字尧章，号白石道人，饶州鄱阳（今江西波阳）人。早年随父宦游，居汉阳。屡试不第，布衣终身。其词或感慨时世、抒写恋情，或写景咏物、记述交游。琢句精工，韵律谐婉，寄意幽邃。有《白石道人诗集》、《白石道人歌曲》、《诗说》等。

暗　香

辛亥之冬，予载雪诣石湖。止既月，授简索句，且征新声。作此两曲。石湖把玩不已，使工妓习之。音节谐婉。乃名之曰《暗香》、《疏影》。

旧时月色，算几番照我，梅边吹笛。唤起玉人，不管清寒与攀摘。何逊而今渐老[1]，都忘却、春风词笔。但怪得、竹外疏花，香冷入瑶席。

江国，正寂寂。叹寄与路遥，夜雪初积。翠尊易泣[2]，红萼无言耿相忆[3]。长记曾携手处，千树压、西湖寒碧。又片片、吹尽也，几时见得？

【注释】

①何逊：南朝诗人，此处为作者自喻。②翠尊：碧绿酒杯。③红萼：指红梅。耿相忆：心中挂怀，不能消解。

【词解】

词以回忆昔日与情人月下梅边吹笛、折花的风流韵事起首，而后感叹如今老来落寞情怀，又怪梅香入席，空惹惆怅。词人欲折梅寄远以慰相思，但无奈路遥夜雪。感伤之下，更觉杯中绿酒，室外红梅也似在深情怀念伊人，思绪又回到与她携手西湖岸、踏雪观梅的快乐时光。曲终遥想梅花渐落，复叹重聚难期。

疏　影

苔枝缀玉，有翠禽小小，枝上同宿。客里相逢，篱角黄昏，无言自倚修竹①。昭君不惯胡沙远，但暗忆、江南江北。想佩环、月夜归来②，化作此花幽独。

犹记深宫旧事，那人正睡里，飞近蛾绿③。莫似春风，不管盈盈，早与安排金屋。还教一片随波去，又却怨、玉龙哀曲④。等恁时，重觅幽香，已入小窗横幅。

【注释】

①无言自倚修竹：用杜甫《佳人》“天寒翠袖薄，日暮倚修竹”句意。②“想佩环”二句：化用杜甫《咏怀古迹》“环佩空归月夜魂”句意。佩环：指代昭君。③“犹记”三句：相传宋武帝女寿阳公主日卧于含章殿檐下，梅花落公主头上，留下了花瓣的印记，三天后才褪去。蛾绿：蛾眉。④玉龙哀曲：指笛曲《梅花落》。玉龙：笛名。

【词解】

梅花像玉一样缀在长着苔藓的梅枝上，枝头栖息着小小翠鸟。在词人的眼中，白梅如同杜甫诗中的高洁佳人，无言独倚修竹；它又好似眷念故乡、月夜归来的昭君灵魂所化，美丽中

透露出忧郁与孤独。词人还联想到那深宫旧事：寿阳公主小憩之时，梅花飘落在她的眉间，留下了五瓣梅花印。

词人劝说世人准备金屋珍藏美好清洁的梅花，莫学春风，让它随处飘零。待到梅花逐水漂走，词人要为它吹上一曲忧伤的《梅花落》。而当梅花落尽，再要寻觅它的踪迹，怕是只能到小窗上的图画中去欣赏了。

吴文英

吴文英（1212～1272年），字君特，号梦窗，晚年又号觉翁，四明（今浙江宁波）人。一生未仕，但平生所交，皆一时显贵。其词典丽而工，多雕琢，音律和谐。有《梦窗词》。

风入松

听风听雨过清明，愁草瘗花铭[1]。楼前绿暗分携路[2]，一丝柳，一寸柔情。料峭春寒中酒[3]，交加晓梦啼莺[4]。

西园日日扫林亭，依旧赏新晴。黄蜂频扑秋千索，

有当时、纤手香凝。惆怅双鸳不到⑤，幽阶一夜苔生。

【注释】

①瘗花铭：南北朝著名的文学家庾信曾作《瘗花铭》以悼落红。②分携：分手，离别。③中酒：醉酒。④交加：形容嘈杂的鸟鸣声。⑤双鸳：指恋人的鞋子。

【词解】

听着风声和雨声过了清明，词人满怀春愁，草拟了伤悼落红的《瘗花铭》。他的目光又落在楼前当日与她分别的小路，那里已是绿树成荫；丝丝垂柳，唤人思念她从前的寸寸柔情。回忆往事，词人不觉在春暮余寒中醉酒，破晓时，浅梦却被杂乱的莺啼扰断。

还是一如既往地日日打扫西园林亭，还是依旧坐在亭子里欣赏雨后的新晴。看蜜蜂频频扑向秋千，词人想，那是因为秋千索上有当时她纤手香凝。他于是因为园中小路上再也见不到她的足迹而惆怅，他静默着，痴看一夜过后，幽阶上生出的苔藓青青。

张　炎

张炎（约 1248 ~ 1320 年），字叔夏，号玉田，又号乐笑翁。张俊六世孙，祖籍凤翔（今属陕西），寓居临安。宋亡后，落拓浪游于杭州、苏州、南京之间，著有《山中白云词》、《词源》。其词主要抒写国破家亡之痛和身世漂泊之哀，也擅长咏。

清平乐

候蛩凄断[1]，人语西风岸。月落沙平江似练，望尽芦花无雁。

暗教愁损兰成[2]，可怜夜夜关情。只有一枝梧叶，不知多少秋声。

【注释】

①候蛩：蟋蟀。②兰成：梁朝诗人庾信小字。

【词解】

秋蛩哀鸣，其声欲绝，情人惜别江岸，飒飒西风吹过。落月映照着沙滩，江水像洁白的绸缎。无边的芦花丛中，不见栖雁。

这昔日分别的场景每每让词人愁苦难当，他夜夜为此而惆怅叹息。现在眼前，只有梧叶一枝，在今夜的秋风里，却不知它能吟唱出多少秋声。

元　曲

元曲起初在民间流传，被称为“街市小令”或“村坊小调”。它是金元时期在北方歌谣俗曲的基础上发展起来的新诗歌形式。它成长繁荣的环境是金元时期的城镇，作者大多是中下层文人和民间艺人，演唱者大多是勾栏里的歌伎。元曲有严密的格律定式，每一曲牌的句式、字数、平仄等都有固定的格式要求。

元曲的组成包括两类文体：一是小令、带过曲和套数的散曲；二是由套数组成的曲文，间杂以宾白和科范，专为舞台上演出的杂剧。继唐诗、宋词之后的元曲，有着它独特的艺术魅力，体现出直接明快、意到言随的艺术特色。

元曲以其作品揭露现实的深刻以及题材的广泛、语言的通俗、形式的活泼、风格的清新、描绘的生动、手法的多变，在中国古代文学艺苑中放射着璀璨夺目的异彩。

元好问

元好问（1190～1257年），字裕之，号遗山，世称遗山先生。金宣宗兴定五年（1221年）进士，历官任尚书省掾、左司都事员外郎。金亡不仕，以著述为事。他是金元间最有成就的诗人，风格质朴沉郁。今存小令九首，大都清润疏俊，被奉为楷模。

人月圆　卜居外家东园

玄都观里桃千树，花落水空流。凭君莫问[1]，清泾浊渭[2]，去马来牛。谢公扶病[3]，羊昙挥涕[4]，一醉都休。古今几度，生存华屋，零落山丘。

【注释】

①凭君莫问：意谓随您怎样，只是不要问。②泾（jīng）：泾水。它是渭水的支流。泾、渭二水，一清一浊，虽合流汇聚，却清浊分明。③谢公：东晋谢安。晚年受权臣王道子排挤，抑郁而死。④羊昙（tán）：谢安的外甥，当时的名士。谢安死后，他行路不忍经过谢安生前所居的西州路。一日，醉中误入西州门，觉察后悲吟曹植之诗："生存华屋处，零落归山丘。"吟毕大哭而去。

骤雨打新荷

绿叶阴浓，遍池塘水阁，偏趁凉多[①]。海榴初绽[②]，朵朵蹙红罗。乳燕雏莺弄语，有高柳鸣蝉相和。骤雨过，琼珠乱撒，打遍新荷。人生有几，念良辰美景，休放虚过。穷通前定[③]，何用苦张罗。命友邀宾玩赏，对芳樽浅酌低歌[④]。且酩酊，任他两轮日月，来往如梭。

【注释】

①偏趁凉多：意谓此处比别处更为清凉。②海榴：即石榴。③穷通：困厄与发达。④樽：酒杯。

杨　果

杨果（1197～1269年），字正卿，号西庵，祁州蒲阴（今河北安国）人。金正大元年（1224年）进士，历官偃师、陕县县令，入元官至参知政事、怀孟路总管，以廉干称。著有《西庵集》。散曲今存小令十一首，套曲五首，其散曲作品内容多咏自然风光，曲辞华美，富于文采。

小桃红　采莲女

满城烟水月微茫，人倚兰舟唱。常记相逢若耶上[①]，隔三湘，碧云望断空惆怅[②]。美人笑道：莲花相似，情短藕丝长。

【注释】

①若耶：若耶溪。它源出若耶山，相传西施曾在溪边浣纱。②望断：望尽。

商挺

商挺（1209～1288年），字孟卿，号左山，曹州济阴（今山东曹县）人。曲家商正叔之侄。金亡后为元世祖赏识，历官宣抚副使、参知政事、同佥枢密院事，累迁枢密副使。后以疾病免。散曲今存小令十九首，多写闺情，描摹女儿神态、心理极其细腻。

潘妃曲

戴月披星耽惊怕，久立纱窗下。等候他，蓦听得门外地皮儿踏[1]。只道是冤家[2]，原来风动荼蘼架[3]。

【注释】

①蓦：猝然，忽然。②冤家：对所爱人的昵称。③荼蘼（mí）：花名，又名木香。落叶灌木，攀缘茎；茎有棱，并有钩状的刺，羽状复叶，小叶椭圆形，花白色，有香气。供观赏。也作酴醾。

关汉卿

关汉卿（约1220～1300年），元代杂剧作家，是中国古代戏曲创作的代表人物。号已斋（一作一斋）、已斋叟，解州人（今山西运城）。关于他的籍贯，还有祁州（今河北安国）伍仁村、大都（今北京市）人之说。大约生于金代末年（1220年前后），卒于元成宗大德初年（1300年）前后。与马致远、郑光祖、白朴并称为“元曲四大家”，关汉卿位居“元曲四大家”之首。

四块玉　闲适

旧酒投[①]，新醅泼[②]，老瓦盆边笑呵呵。共山僧野叟闲吟和。他出一对鸡，我出一个鹅，闲快活。

【注释】

①投：即“酘(dòu)”，酒再酿。②醅(pēi)泼：即“醅酦(pō)”，醅、酦都是未滤过的酒。

碧玉箫

秋景堪题[①]，红叶满山溪。松径偏宜[②]，黄菊绕东篱。正清樽斟泼醅[③]，有白衣劝酒杯[④]。官品极，到底成何济[⑤]！归，学取他渊明醉。

【注释】

①堪题：值得品评、赞赏。②偏宜：形容景物搭配得正好。

③泼醅（pēi）：重酿的没有过滤的新酒。④白衣：指布衣之士。⑤成何济：有何用。

一枝花　不伏老（节选）

我是个蒸不烂、煮不熟、捶不扁、炒不爆、响当当一粒铜豌豆，恁子弟每谁教你钻入他锄不断、斫不下、解不开、慢腾腾千层锦套头[1]。我玩的是梁园月[2]，饮的是东京酒[3]，赏的是洛阳花[4]，攀的是章台柳[5]。我也会围棋、会蹴鞠、会打围、会插科、会歌舞[6]，会吹弹、会咽作、会吟诗、会双陆[7]。你便是落了我牙、歪了我口、瘸了我腿、折了我手，天赐与我这几般儿歹症候[8]，尚兀自不肯休[9]。则除是阎王亲自唤，神鬼自来勾，三魂归地府，七魄丧冥幽。天哪，那其间才不向烟花路儿上走[10]。

【注释】

①恁（nèn）：这样，如此。斫（zhuó）：砍。锦套头：指风月场诱人的圈套。②梁园：汉梁孝王所建，是古时著名的游赏宴饮之所。③东京：北宋都

城开封。④洛阳花：指洛阳牡丹。⑤章台柳：指代最好的妓女。⑥蹴(cù)踘(jū)：踢球。打围：即打猎。插科：即插科打诨，指滑稽表演。⑦咽作：唱曲。双陆：古时一种搏胜负的游戏。⑧歹症候：坏毛病。⑨兀自：犹，仍。⑩烟花路：指风流放荡的生活。

王 恽

王恽（1226 ~ 1304 年），字仲谋，号秋涧，卫州汲县（今属河南）人。元好问弟子。元世祖中统年间出仕，历官国史编修、监察御史、翰林学士等职，谥文定。以诗文称，雄深雅健，著有《秋涧先生大全集》。散曲今存小令四十一首，题材广泛，描写真切，风格或清丽典雅，或豪迈爽朗。

平湖乐

采菱人语隔秋烟，波静如横练[①]。入手风光莫流转[②]。

共留连，画船一笑春风面。江山信美[③]，终非吾土。问何日是归年？

【注释】

①横练：展开的带子。②入手：即到手，此处指映入眼帘。流转：流走。③信：确实。

白 朴

白朴（1226 ~ 1306 年？），原名恒，字仁甫，后改名朴，字太素，号兰谷，隩州（今山西河曲）人。客居真定（今河北正定），晚岁移居金陵（今江苏南京），终身未仕。他是元代著名的文学家、杂剧家，元曲四大家之一。作杂剧 16 种，今存 3 种，《梧桐雨》为代表作。有《天籁集》词二卷，散曲有《天籁集摭遗》一卷，收其小令三十七首，套曲四套。白朴的作品，题材多出历史传说，剧情多为才人韵事。与关汉卿相比，白朴的生活圈比较局限，因此，他不可能从社会下层提炼素材，然而，他善于利用历史题材，敷演故事，因旧题，创新意，词采优美，情意深切绵长，又是关汉卿所不及的。他在文学史和戏曲史上的地位和作用，以及他的剧作的艺术成就，早已成为文学艺术上的重要研究课题。

醉中天　佳人脸上黑痣

疑是杨妃在①，怎脱马嵬灾②。曾与明皇捧砚来③，美脸风流杀。叵奈挥毫李白，觑着娇态，洒松烟点破桃腮④。

【注释】

①杨妃：指杨贵妃。②马嵬：安史之乱起后，唐玄宗逃往蜀中。车驾行至马嵬驿时，护驾将士因怨恨杨氏兄妹祸国而发生兵变，玄宗被迫将杨贵妃缢死于路旁祠下。③明皇：唐玄宗。④“叵（pǒ）奈”三句：用杨妃捧砚侍奉李白作《清平调》之事。

叵奈：无奈。松烟：指墨。古时制墨之法有以松木在火中燃烧产生的烟灰为原料，而后与其他添加剂混合加工而成。

沉醉东风　渔父词

黄芦岸白蘋渡口，绿杨堤红蓼滩头[1]。虽无刎颈交[2]，却有忘机友[3]。点秋江白鹭沙鸥。傲杀人间万户侯，不识字烟波钓叟。

【注释】

①红蓼（liǎo）：开着浅红色花儿的水蓼。②刎颈交：刎颈之交，指可以共生死的朋友。③忘机：抛却人世间的机心。

卢　挚

卢挚（1242～1315年？），字处道，一字莘老，号疏斋，涿郡（今河北涿州）人。世祖至元初举进士，历任少中大夫，河南路总管。大德初授集贤学士，官至翰林学士承旨。其散曲今存者尽为小令，有八十余首，多写闲情，风格自然活泼、清新爽朗。而以怀古为题材的散曲，则富有较深厚的兴衰感慨。

蟾宫曲　长沙怀古

朝瀛洲暮舣湖滨[1]，向衡麓寻诗[2]，湘水寻春。泽国纫兰[3]，汀洲搴若[4]，谁与招魂？空目断苍梧暮云[5]，黯

黄陵宝瑟凝尘⑥。世态纷纷，千古长沙，几度词臣？

【注释】

①朝：早晨。瀛洲：传说中的海上仙山，此指京城官署集贤院。作者于大德初年授集贤学士，故云。舣（yǐ）：泊船。②衡麓：即岳麓山。③纫兰：把兰花穿起来。屈原《离骚》中云："纫秋兰以为佩。"④汀洲：水中小洲。搴若：拔取香草杜若。屈原《湘夫人》中云："搴汀洲兮杜若，将以遗兮远者。"⑤苍梧：山名，上有舜墓。⑥黄陵：又名湘山，上有舜妃娥皇、女英之墓。

陈草庵

陈草庵，生卒年不详，名英，字彦卿，号草庵，析津（今北京）人。一生仕履显赫，曾任宣抚，延祐初拜河南省左丞。其散曲今存小令二十六首，多愤世嫉俗之作。

山坡羊

晨鸡初叫，昏鸦争噪，那个不去红尘闹①？路遥遥，水迢迢，功名尽在长安道②。今日少年明日老。山，依旧好；人，憔悴了。

【注释】

①红尘：闹市的飞尘，借指繁华纷扰的人世。②长安道：指通往京城的道路。

山坡羊

伏低伏弱[1]，装呆装落[2]，是非犹自来着莫[3]。任从他，待如何？天公尚有妨农过，蚕怕雨寒苗怕火。阴，也是错；晴，也是错。

【注释】

①伏：承认。②装落：装作失魂落魄的样子。③着莫：烦扰，纠缠之义。

马致远

马致远（约 1250 ~ 约 1321 年），号东篱，大都（今北京）人。仕途坎坷，漂泊经年，曾任江浙江行省务官，不甘屈居下僚，五十岁左右退隐。元曲四大家之一，著有《汉宫秋》等杂剧十五种，散曲今存辑本《东篱乐府》。他的曲被推为元人第一，所作豪放清丽、本色流畅。马致远的散曲为元代之冠，明代贾仲明称他为“曲状元”。现存曲 120 多首，小令［天净沙］“枯藤老树昏鸦”为咏景名篇，周德清赞其为“秋思之祖”，王国维评其为“寥寥数语，深得唐人绝句妙境”。

天净沙 秋思

枯藤老树昏鸦[1]，小桥流水人家，古道西风瘦马[2]。夕阳西下，断肠人在天涯。

【注释】

①昏鸦：黄昏归巢的乌鸦。②古道：古老的驿道。

蟾宫曲　叹世

咸阳百二山河[1]，两字功名，几阵干戈。项废东吴[2]，刘兴西蜀[3]，梦说南柯。韩信功兀的般证果[4]？蒯通言那里是风魔[5]？成也萧何，败也萧何[6]，醉了由他。

【注释】

①百二山河：极言山河之险固。②项废东吴：指项羽兵败。项羽起兵吴中，率八千子弟兵逐鹿天下。及至兵败乌江，吴中子弟已无一人生还。③刘兴西蜀：指刘邦以巴蜀之地为根基，逐步统一天下。④兀的：怎的。证果：结果。⑤蒯通：即蒯彻。他是韩信幕下谋士，曾劝韩信起兵反叛刘邦，自己统一天下。⑥成也萧何，败也萧何：指当初举荐韩信的是萧何，后来助吕后设计杀韩信的也是萧何。

夜行船　秋思

百岁光阴一梦蝶[1]，重回首往事堪嗟。今日春来，明朝花谢，急罚盏夜阑灯灭[2]。想秦宫汉阙，都做了衰草牛羊野。不恁么渔樵没话说。纵荒坟横断碑，不辨龙蛇[3]。投至狐踪与兔穴[4]，多少豪杰。鼎足虽坚半腰里折[5]，魏耶？晋耶？天教你富，莫太奢，没多时好天良夜。富家儿更做道你心似铁[6]，争辜负了锦堂风月[7]。眼前红日又西斜，疾似下坡车。不争镜里添白雪，上床与鞋履相别[8]。休笑巢鸠计拙[9]，葫芦提一向装呆[10]。利名竭，是非绝。红尘不向门前惹，绿树偏宜屋角遮，青山正补墙头缺；更那堪竹篱茅舍。

蛩吟罢一觉才宁贴[11]，鸡鸣时万事无休歇。何年是彻？看密匝匝蚁排兵，乱纷纷蜂酿蜜，急攘攘蝇争血。裴公绿野堂[12]，陶令白莲社[13]。爱秋来时那些：和露摘黄花，带霜分紫蟹，煮酒烧红叶。想人生有限杯，浑几个重阳节？人问我顽童记者[14]：便北海探吾来[15]，道东篱醉了也！

【注释】

①梦蝶：用庄周梦蝶之事典，喻时光荏苒，恍如一梦。②罚盏：罚酒。夜阑：夜深。③龙蛇：指墓碑上的字迹。④狐踪与兔穴：指墓地已成为狐兔出没安家的地方。⑤鼎足：指三国时代魏、蜀、吴三国鼎立。⑥更做到：即便是，即使是。⑦锦堂：泛指华丽的住宅。风月：清风明月。⑧“上床”句：喻死去，意谓鞋脱下来就再也穿不上了。⑨巢鸠计拙：相传斑鸠性拙，不善筑巢，常借鹊巢而居之。⑩葫芦提：糊涂。⑪蛩（qióng）：蟋蟀。宁贴：安稳，舒适。⑫裴公：指唐代杰出政治家裴度，他晚年于洛阳府第中筑“绿野堂”，退官隐居。⑬白莲社：晋代名僧慧远发起，曾邀陶渊明参加。⑭记者：记着。⑮北海：东汉末的北海太守孔融，生性好客，常常是宾客盈门。此处是作者自指所居之地。

张养浩

张养浩（1270～1329年），字希孟，号云庄，济南人。历官东平学政、监察御史、礼部尚书、中书参议，后因批评时政而罢官。文宗天历二年（1329年），关中大旱，他被任命为陕西行台中丞，日夜办理赈灾事务，积劳成疾而死。他以风度气节闻名天下，是元代著名散文家、词曲家，著有《归田类稿》。今存小令一百六十一首，套数三首，题材广泛，风格豪放，朱权评为“如玉树临风”。

山坡羊　潼关怀古

峰峦如聚，波涛如怒，山河表里潼关路[1]。望西都[2]，意踌蹰[3]。伤心秦汉经行处，宫阙万间都做了土。兴，百姓苦！亡，百姓苦！

【注释】

①山河表里：指潼关西近华山，北据黄河，形势非常险要。②西都：指长安（今西安）。③踌蹰（chú）：此指思绪起伏。

雁儿落兼得胜令　退隐

云来山更佳，云去山如画。山因云晦明[1]，云共山高下。倚杖立云沙，回首见山家。野鹿眠山草，山猿戏野花。云霞，我爱山无价。看时行踏[2]，云山也爱咱[3]。

【注释】

①晦：昏暗。②行踏：往来走动。③咱(zá)：我。

鲜于必仁

鲜于必仁，生卒年不详，名去矜，号苦斋，渔阳（今北京密云）人。太常寺典薄鲜于枢之子。他继承家学，长于音律，散曲以写景见长，豪放飘逸，清远超脱，朱权评谓其词“如金墙腾辉”。今存小令二十九首。

折桂令　苏学士

叹坡仙奎宿煌煌[1]。俊赏苏杭[2]，淡笑琼黄[3]。月冷乌台[4]，风清赤壁[5]，荣辱俱忘。侍玉皇金莲夜光[6]，醉朝云翠袖春香[7]。半世疏狂，一笔龙蛇[8]，千古文章。

【注释】

①坡仙：对苏轼的尊称。苏轼号东坡居士。奎宿：二十八宿之一，俗称“文曲星”。②苏杭：苏轼曾出任杭州通判。③琼黄：苏轼曾经被贬官到琼州（今海南琼山）和黄州（今湖北黄冈）。④乌台：指宋神宗元丰二年苏轼因“乌台诗案”入狱。⑤赤壁：苏轼曾在黄州赤壁矶作《赤壁赋》。⑥侍玉皇金莲夜光：指宣仁太后和宋哲宗曾召苏轼入宫座谈，而后又命撤御前金莲烛送苏轼归翰林院一事。⑦朝云：王朝云，苏轼侍妾。⑧龙蛇：喻书法文章精妙灵动。

白　贲

白贲，生卒年不详，字无咎，号素轩，钱塘（今浙江杭州）人。曾任温州路平阳州教授、南安路总管府经历。他是元散曲史上最早的南籍散曲作家之一。曲以《鹦鹉曲》著名，今存世不多，皆写离情别绪，情意缱绻，词语雅丽。

鹦鹉曲　渔父

侬家鹦鹉洲边住[①]，是个不识字渔父。浪花中一叶扁舟，睡煞江南烟雨[②]。觉来时满眼青山[③]，抖擞绿蓑归去。算从前错怨天公，甚也有安排我处[④]。

【注释】

①侬（nóng）家：我家。鹦鹉洲：在湖北武汉长江中。②睡煞：沉睡不醒。③觉来时：醒来时。④甚：实在。

郑光祖

郑光祖，生卒年不详，字德辉，平阳襄陵（今山西临汾）人。做过杭州路吏，死后葬于西湖里灵芝寺。他是元代后期著名杂剧作家，以曲名满天下，声振闺阁，有《倩女离魂》等杂剧十八种。散曲以清丽缠绵著称，善于言情。

蟾宫曲　梦中作

半窗幽梦微茫[①]，歌罢钱塘[②]，赋罢高唐[③]。风入罗帏，爽入疏棂[④]，月照纱窗。缥缈见梨花淡妆，依稀闻兰麝余香。唤起思量，待不思量，怎不思量？

【注释】

①半窗：指窗光半明半暗。②歌罢钱塘：《春渚纪闻》载宋人司马才仲于洛阳昼寝，一美人入梦而歌曰："妾本钱塘江上住，花落花开，不管流年度。燕子衔将春色去，纱窗几阵黄梅雨。"此句指美人入梦。③赋罢高唐：宋玉《高唐赋》言楚怀王曾与巫山神女幽会，神女辞别时说自己"旦为朝云，暮为行雨"。④棂(líng)：窗户框。

张可久

张可久（1279～1354年？），字小山，庆元（今浙江）人。曾任绍兴路吏、桐庐典史等小官，仕途颇不得意。交游遍天下，晚年移家杭州西湖，纵情诗酒，以山水自娱。专攻散曲，特别致力于小令，他的《小山乐府》存小令八百五十五首，套数九首，为元人留存散曲最富者，与乔吉并称"元散曲两大家"。作品多写景抒情，感怀不遇。《太和正音谱》评其曲"如瑶天笙鹤"，又说"其词清而且丽，华而不艳，有不吃烟火食气"。

卖花声　怀古

美人自刎乌江岸，战火曾烧赤壁山，将军空老玉门关[①]。

伤心秦汉，生民涂炭，读书人一声长叹。

【注释】

①“将军”句：《后汉书·班超传》中载，班超于迟暮之年上书皇帝说：“臣不敢望到酒泉郡，但愿生入玉门关。”

乔　吉

乔吉（1280？～1345年），字梦符，号笙鹤翁，别号惺惺道人，太原人，寓居杭州。一生落拓，博学多才，著有杂剧十一种，今存《两世姻缘》、《扬州梦》、《金钱记》三种。散曲尤为著名，曲与张可久齐名，著有《惺惺道人乐府》等。作品多叹世之作，伤感哀婉，时存愤嫉，风格多样；讲究锤炼，又不失质朴通俗。今存小令二百零九首、套数十一套，以及词一首。

绿幺遍　自述

不占龙头选[①]，不入名贤传。时时酒圣，处处诗禅。烟霞状元[②]，江湖醉仙。笑谈便是编修院[③]。留连，批风抹月四十年[④]。

【注释】

①龙头：状元的别称。②烟霞：指山水、自然。③编修院：即翰林院。④批风抹月：古代词曲多以风花雪月为题材，故称填词作曲为“批风抹月”。

卖花声 悟世

肝肠百炼炉间铁，富贵三更枕上蝶[1]，功名两字酒中蛇。尖风薄雪[2]，残杯冷炙[3]，掩青灯竹篱茅舍。

【注释】

①枕上蝶：化用庄生梦蝶典。②尖风：指刺骨的寒风。③冷炙：指已冷的菜肴。

贯云石

贯云石（1286～1324年），原名小云石海涯，号酸斋，又号芦花道人。师从著名古文学家姚燧。袭父亲官职，仁宗时，官至翰林侍读学士、中奉大夫、知制诰。后弃官南下归隐。曲风豪放清逸，明朱权《太和正音谱》评他的散曲如“天马脱羁”。

塞鸿秋 代人作

战西风几点宾鸿至[1]，感起我南朝千古伤心事。展花笺欲写几句知心事[2]，空教我停霜毫半晌无才思[3]。往

常得兴时，一扫无瑕疵[4]。今日个病恹恹刚写下两个相思字[5]。

【注释】

①战：通“颤”，发抖。宾鸿：指依节气而南来北往行如宾客的大雁。②花笺(jiān)：精美的信纸。③霜毫：指毛笔。④一扫：一挥而就。瑕疵(cī)：原指玉器上的斑点，此借指作品的缺陷。⑤病恹恹(yān)：精神萎靡不振的样子。

红绣鞋

挨着靠着云窗同坐[1]，偎着抱着月枕双歌[2]。听着数着愁着怕着早四更过。四更过情未足，情未足夜如梭。天哪，更闰一更儿妨甚么[3]！

【注释】

①云窗：饰有云样窗棂的窗子。②月枕：月牙形的枕头。③闰：增加，延长。

清江引　惜别

若还与他相见时，道个真传示：不是不修书，不是无才思，绕清江买不得天样纸！

徐再思

徐再思，生卒年不详，字德可，喜爱吃甜食，因自号甜斋。浙江嘉兴人。曾官嘉兴路吏。以散曲著名，与贯云石齐名，明李开先辑两人散曲为《酸甜乐府》。所作以自然景物和闺情相思为长，描写细腻深婉，风格清丽俊俏。今存小令一百零三首。

蟾宫曲 春情

平生不会相思，才会相思，便害相思。身似浮云，心如飞絮，气若游丝。空一缕余香在此，盼千金游子何之①？证候来时②，正是何时？灯半昏时，月半明时。

【注释】

①何之：到哪里去。②证候：同“征候”，症状。

钟嗣成

钟嗣成，生卒年不详，字继先，号丑斋，大梁（今河南开封）人，居杭州。他著有《录鬼簿》，是第一部记录元杂剧剧目和记述元杂剧作家、散曲作家事迹的著作，为研究元曲最重要的文献。所作杂剧今知有《章台柳》、《钱神论》、《蟠桃会》等七种皆不传。今存小令五十九首，套数一篇。

凌波仙 吊周仲彬

丹墀未知玉楼宣[1]，黄土应埋白骨冤，羊肠曲折云更变[2]。料人生亦惘然，叹孤坟落日寒烟。竹下泉声细，梅边月影圆，因思君歌舞十全。

【注释】

①丹墀(chí)：宫殿前的红色台阶。玉楼宣：据说李贺梦到神人对他说："上帝白玉楼成，命你作记。"没过多久就去世了。此指友人英年早逝。②羊肠：喻曲折的人生路。云更变：喻命运的变化无常。

宋、元、明、清诗

纵观宋代诗坛，在思想内容上，比历代诗歌所反映的都要广阔，宋诗与当代的社会、政治、民生结合得更为紧密，更重视理性。宋诗在唐代诗歌格律完备、意象纯熟、臻于顶峰的情况下另辟蹊径，为近世诗歌的发展提供了富有时代意义的榜样。

元诗是对唐宋诗歌的继承和发扬。元代诗歌承前启后，成为中国古典诗歌发展史上一个不可或缺的链环；它并兼各族文化，为我国各民族的融合做出了贡献；它将传统诗歌转变成为散曲，开拓了文学领域的版图，在中国文学史上占有不可忽略的地位。

明代诗歌一直是在拟古派和反拟古派的反复斗争中曲折地前进，没有出现杰出的作家作品，但公安派等诗人的进步文学主张还是对后世产生了很大的影响的。

清代诗人不满于元诗的绮弱，明诗的复古和轻浅、狭窄的毛病，在技巧上兼学唐宋诗的长处，不断追求创新，流派迭出，风格多样，其成就是超过元明两代。

柳 永

煮海歌　为晓峰盐场官作

煮海歌·悯亭户也[1]

煮海之民何所营？妇无蚕织夫无耕。衣食之源太寥落，牢盆煮就汝输征[2]。年年春夏潮盈浦[3]，潮退刮泥成岛屿。风干日曝咸味加[4]，始灌潮波塯成卤[5]。卤浓咸淡未得闲[6]，采樵深入无穷山[7]。豹踪虎迹不敢避，朝阳出去夕阳还。船载肩擎未遑歇，投入巨灶炎炎热。晨烧暮烁堆积高，才得波涛变成

雪[8]。自从潴卤至飞霜[9]，无非假贷充糇粮[10]。秤入官中得微直[11]，一缗往往十缗偿[12]。周而复始无休息，官租未了私租逼。驱妻逐子课工程[13]，虽作人形俱菜色[14]。煮海之民何苦辛，安得母富子不贫[15]。本朝一物不失所[16]，愿广皇仁到海滨[17]。甲兵洗净征输辍[18]，君有余财罢盐铁[19]。太平相业尔惟盐，化作夏商周时节[20]。

【注释】

①亭户：也叫“灶户”，煮盐的专业户。②牢盆：煮盐的工具。输征：纳税。③浦：水滨，这里指海滩。④加：加浓。⑤熘（liù）：同“馏”，在刮聚成堆的泥渍上泼灌海水，经风吹日晒，水分流失，盐分沉淀，渐成盐卤。⑥未得闲：尚不适中。闲：法度，限度。⑦采樵：打柴。无穷山：深山。⑧雪：比喻白盐。⑨潴（zhū）卤：指盐卤。潴，水停聚。飞霜：比喻白盐。⑩假贷：借贷。糇（hóu）粮：干粮。⑪秤：秤盐入官。直：同“值”。⑫缗（mín）：一千文铜钱用绳穿起来，叫一缗，也叫一吊。⑬课工程：督促煮盐之事的进度。⑭菜色：饥饿的脸色。⑮母：指国家。子：指人民。⑯一物不失所：百姓安居乐业，人人各得其所。⑰广：推广。皇仁：皇帝的仁德恩泽。⑱甲兵洗净：军费开支巨大以致财尽民贫。辍：停止。⑲罢盐铁：停止工商税收。⑳“太平”二句：大意说作为太平宰相的执政大臣们，应该使国家万事和顺，成为夏商周三代那样的赋税轻薄之世。尔惟盐：见《尚书·说命下》“若作和羹，尔惟盐梅”。商高宗（武丁）对他的宰相傅说（yuè）说，就像做汤那样，你就是调味的盐和梅。后以“盐梅”指执政大臣。

范仲淹

江上渔者

江上往来人，但爱鲈鱼美[1]。
君看一叶舟，出没风波里。

【注释】

①但：只。鲈鱼：体长而扁，头大鳞细，银灰色，味鲜美，以松江所产尤为著名。这首诗说人们只知鲈鱼的味道鲜美，却不会想到渔人在江上捕鱼时的艰辛。

晏 殊

寓 意

油壁香车不再逢[1]，峡云无迹任西东[2]。梨花院落溶溶月，柳絮池塘淡淡风。几日寂寥伤酒后，一番萧索禁烟中[3]。鱼书欲寄无由达[4]，水远山长处处同。

【注释】

①油壁：用油彩涂饰。香车：女子所乘之车。②“峡云”句：大意是说分别后各自东西，不知踪迹。③禁烟中：指寒食节期间。古代以清明前一日为寒食节，禁止举火。禁烟即禁火。④鱼书：即书信。

示张寺丞王校勘

元巳清明假未开[1]，小园幽径独徘徊。春寒不定班班雨[2]，宿醉难禁滟滟杯[3]。无可奈何花落去，似曾相识燕归来。游梁赋客多风味，莫惜青钱万选才[4]。

【注释】

①元巳：即上巳，三月上旬的第一个巳日。假未开：假期未满。②班班：即“斑斑”。③滟滟：形容杯满酒波闪动的样子。④梁：指梁园，汉代梁孝王刘武宴饮宾客之所，故址在今河南商丘。青钱：青铜钱，指钱财。万选才：万里挑一选拔人才。“游梁”二句：鼓励张寺丞和王校勘不要吝啬才华，写出出色的作品来。

梅尧臣

梅尧臣（1002～1060年），字圣俞，宣州宣城（今安徽宣州）人。宣城古名宛陵，故世称宛陵先生。皇祐三年（1051年）赐同进士出身，历任太常博士、尚书都官员外郎，故又称梅都官。诗风平淡朴素，擅于写景，意境含蓄。他提倡平淡工稳的艺术境界，后人称其开宋诗风气之先。欧阳修说他的诗是“穷而后工”者。有《宛陵先生集》。

田家语并序

庚辰诏书：凡民三丁籍一[1]，立校与长[2]，号“弓箭手”，用备不虞[3]。主司欲以多媚上[4]，急责郡吏。郡吏畏，不敢辨，遂以属县令[5]。互搜民口[6]，虽老幼不得免。上下愁怨，天雨淫淫，岂助圣上抚育之意耶！因录田家之语，次为文[7]，以俟采诗者云[8]。

谁道田家乐，春税秋未足[9]。里胥扣我门[10]，日夕苦煎促。盛夏流潦多，白水高于屋。水既害我菽[11]，蝗又食我粟。前月诏书来，生齿复板录[12]。三丁籍一壮，恶使操弓韣[13]。州符今又严[14]，老吏持鞭朴。搜索稚与艾[15]，唯存跛无目。田间敢怨嗟，父子各悲哭。南亩焉可事[16]，买箭卖牛犊。愁气变久雨，铛缶空无粥[17]。盲跛不能耕，死亡在迟速[18]。我闻诚所惭，徒尔叨君禄[19]。却咏《归去来》，刈薪向深谷[20]。

【注释】

①三丁籍一：每户三个成年男子中登记一人为乡兵。丁：北宋以二十为丁，六十为老。籍：造册登记。②立：设置。校、长：带领乡兵的低级武职。③备：防备。不虞：意外事变。④主司：主管官。以多媚上：以尽量多籍乡兵取媚上司。⑤属（zhǔ）：委托，交付。⑥民口：人口。⑦次：排比，编排。⑧采诗者：借用周代采诗官的说法，希望下情能够上达。⑨“春税”句：春天的租税到秋天还没有交足。⑩里胥（xū）：里长一类的

小吏。⑪菽（shū）：豆类。⑫生齿：人口。板录：录于板上，即登记造册。⑬弓韣（shǔ）：弓和弓袋。⑭符：符信，文书。⑮朴（pū）：鞭打的工具。稚与艾：孩子与老人。⑯南亩：田地。⑰铛（chēng）：锅。⑱在迟速：早晚之间。⑲叨：愧受。⑳"却咏"二句：大意说不如辞官归去，以砍柴度日。《归去来》，指陶渊明的《归去来辞》。

汝坟贫女

汝坟贫家女，行哭声凄怆。自言"有老父，孤独无丁壮①。郡吏来何暴，县官不敢抗。督遣勿稽留②，龙钟去携杖③。勤勤嘱四邻，幸愿相依傍④。适闻闾里归⑤，问讯疑犹强⑥。果然寒雨中，僵死壤河上⑦。弱质无以托，横尸无以葬⑧。生女不如男，虽存何所当⑨！拊膺呼苍天⑩，生死将奈向⑪？"

【注释】

①丁壮：成年男子。②督遣：催促。③龙钟：形容老态。去携杖：扶杖而行。④"勤勤"句：恳切地嘱托同行的乡邻照顾老父。依傍（bàng）：依靠。⑤闾里：乡里，这里指同乡。⑥疑犹强：心存疑虑，仍然勉强（去打听消息）。⑦壤河：疑即瀼河镇，在鲁山县（今属河南）西南。⑧"弱质"二句：上句贫女自指，下句指父亲。托：依靠，寄托。⑨存：生存，活着。当（dàng）：值得。⑩拊膺：抚胸。⑪"生死"句：意谓生者和死者如何归向？

鲁山山行

适与野情惬，千山高复低[①]。好峰随处改[②]，幽径独行迷。霜落熊升树，林空鹿饮溪[③]。人家在何处？云外一声鸡。

【注释】

①“适与”二句：意思说许多山峰连绵重叠，或高或低，姿态各异，正好满足了寻幽探胜的野趣。②改：改换。③“霜落”二句：以工整自然的对偶描写出了山中的优美与宁静。

东　溪

行到东溪看水时，坐临孤屿发船迟[①]。野凫眠岸有闲意，老树著花无丑枝[②]。短短蒲茸齐似剪[③]，平平沙石净于筛[④]。情虽不厌住不得[⑤]，薄暮归来车马疲。

【注释】

①屿：小岛。发船迟：因欣赏美好的风光而延迟开船。②著(zhuó)花：开花。著，同“着”，附着。③蒲茸：蒲花。④净于筛：匀净得胜过用筛子筛过。⑤不厌：不满足。

梦后寄欧阳永叔

不趁常参久[①]，安眠向旧溪[②]。五更千里梦，残月一城鸡[③]。适往言犹是[④]，浮生理可齐[⑤]。山王今已贵[⑥]，肯听竹禽啼[7]？

【注释】

①“不趁”句：很久没有上朝见驾了。趁：赴。常参：在京升朝官无职事者每日参见皇帝，称常参官。②旧溪：宣城有宛溪、句溪。因为是故园，所以称旧溪。③一城鸡：指满城的鸡鸣声。④“适往”句：意思是说过去说过的话，现在看来仍然是对的。⑤“浮生”句：人的生死在道理上也是可以等量齐观的。⑥山王：竹林七贤中的山涛、王戎。贵：显贵。⑦竹禽：鸟名，即竹鸡，生江南竹林，喜啼。

欧阳修

食糟民

田家种糯官酿酒，榷利秋毫升与斗[1]。酒沽得钱糟弃物[2]，大屋经年堆欲朽。酒醅瀺灂如沸汤[3]，东风吹来酒瓮香。累累罂与瓶[4]，惟恐不得尝。官沽味醲村酒薄，日饮官酒诚可乐。不见田中种糯人，釜无糜粥度冬春[5]。还来就官买糟食，官吏散糟以为德[6]。嗟彼官吏者，其职称长民[7]，衣食不蚕耕，所学义与仁。仁当养人义适宜，言可闻达力可施[8]。上不能宽国之利[9]，下不能饱民

之饥。我饮酒，尔食糟，尔虽不我责[10]，我责何由逃！

【注释】

①榷(què)利：牟利。秋毫：比喻细微苛杂。②沽：卖出。糟：酒糟。③醅(pēi)：未滤的酒。瀺(chán)灂(zhuó)：形容轻微的滤酒声。沸汤：开水。④累累：很多。罂(yīng)：小口大腹的盛酒器。⑤釜：一种锅。糜：即粥。⑥德：德政。⑦称：号称。长(zhǎng)民：民之长。⑧"仁当"句：根据仁、义的原则，应当使人民过好生活，做事要得体有分寸。养：长养。"言可"句：进言可使下情上达，力行可以补救弊政。⑨宽：开拓。利：财利。⑩不我责：不责备我。

戏答元珍

春风疑不到天涯，二月山城未见花。残雪压枝犹有桔，冻雷惊笋欲抽芽。夜闻归雁生乡思，病入新年感物华[1]。曾是洛阳花下客，野芳虽晚不须嗟[2]。

【注释】

①归雁：北归的雁。物华：美好的事物。②不须嗟：不必太在意。

春日西湖寄谢法曹歌

西湖春色归，春水绿于染。群芳烂不收[1]，东风落如糁[2]。参军春思乱如云，白发题诗愁送春。遥知湖上一樽酒，能忆天涯万里人[3]。万里思春尚有情，忽逢春至客心惊[4]。雪消门外千山绿，花发江边二月晴。少年把酒逢春色，今日逢春头已白。异乡物态与人殊，惟有东风旧相识。

【注释】

①烂不收：指花开烂漫，美不胜收。②糁（sǎn）：米粒，形容花瓣散落。③天涯万里人：作者自指。④客：指客居他乡的人。惊：惊叹。

丰乐亭游春

其　三

红树青山日欲斜，长郊草色绿无涯。
游人不管春将老，来往亭前踏落花。

别　滁

花光浓烂柳轻明[1]，酌酒花前送我行。
我亦且如常日醉[2]，莫教弦管作离声[3]。

【注释】

①烂：烂漫。柳轻明：柳色浅青而明媚。②常日：平日。③弦管：弦乐器与管乐器，指代音乐。离声：离别的乐音。

画眉鸟

百啭千声随意移[1]，
山花红紫树高低。
始知锁向金笼听，
不及林间自在啼。

【注释】

①随意：随心。移：迁移变化。

和王介甫明妃曲

其　二

汉宫有佳人，天子初未识。一朝随汉使，远嫁单于国[1]。绝色天下无，一失难再得。虽能杀画工[2]，于事竟何益。耳目所及尚如此，安能万里制夷狄[3]！汉计诚已拙，女色难自夸。明妃去时泪，洒向枝上花。狂风日暮起，飘泊落谁家。红颜胜人多薄命，莫怨春风当自嗟[4]。

【注释】

①单于国：指匈奴。②画工：当时的宫廷画师。③制：制伏。夷狄(dí)：指四方少数民族。④当自嗟：应当嗟叹自己的薄命。

宿云梦馆

北雁来时岁欲昏[1]，私书归梦杳难分[2]。
井桐叶落池荷尽，一夜西窗雨不闻。

【注释】

①北雁来时：北雁南飞的时候，一般在暮秋。②私书：不公开的个人书信。

梦中作

夜凉吹笛千山月，路暗迷人百种花。
棋罢不知人换世[1]，酒阑无奈客思家[2]。

【注释】

①“棋罢”句：《述异记》说，晋朝人王质入山砍柴，见二童子对弈。一局棋罢，他手中斧子的柄已经腐烂。回到家里，同时人均已去世。原来时间已过了一百年。②阑：残，尽。

苏舜钦

苏舜钦（1008～1048年），字子美，梓州铜山（今四川中江）人，后迁居开封（今属河南）。北宋诗人，与梅尧臣齐名，人称“梅苏”。仁宗景祐元年（1034年）中进士，官集贤校理。诗风豪迈隽永，气势宽广。欧阳修《六一诗话》称其“笔力豪隽，以超迈横绝为奇”。有《苏学士文集》。

庆州败

无战王者师，有备军之志[1]。天下承平数十年，此语虽存人所弃。今岁西戎背世盟[2]，直随秋风寇边城。屠杀熟户烧障堡[3]，十万驰骋山岳倾。国家防塞今有谁？官为承制乳臭儿[4]。酣觞大嚼乃事业，何尝识会兵之机。符移火急蒐卒乘，意谓就戮如缚尸[5]。未成一军已出战，驱逐急使缘崄巇[6]。马肥甲重士饱喘，虽有弓剑何所施？连颠自欲堕深谷，虏骑笑指声嘻嘻。一麾发伏雁行出[7]，山下掩截成重围。我军免胄乞死所[8]，承制面缚交涕洟[9]。逡巡下令艺者全[10]，争献小技歌且吹；其余劓馘放之去[11]，东走矢液皆淋漓[12]。首无耳准若怪兽，不自愧耻犹生归。守者沮气陷者苦[13]，尽由主将之所为。地机不见欲侥胜[14]，羞辱中国堪伤悲！

【注释】

①“无战”二句：不战而胜才是王者之师，有备无患是治军之术。②西戎：指西夏政权。背：背弃，违背。世盟：世代的盟约。③熟户：边境地区已经归化的少数民族。障堡：指防御工事。④承制：官名。⑤“符移”二句：意思是十万火急地征集士兵，以为敌人会束手就擒，杀敌就像捆绑死人那样容易。符：传达命令调动兵将的凭证。移：移文，这里泛指命令、公文。蒐(sōu)：调集。卒：士兵。乘：战车。⑥缘：攀登。崄(xiǎn)巇(xī)：形容山的险峻难行。⑦麾：同“挥”，这里指旗号指挥。伏：伏兵。雁行(háng)：如大雁之成行，形容军容整齐。⑧免胄：除下头盔。乞死所：等待(敌人)发落。⑨面缚：双手反绑于后，头面突出于前。交涕洟(yí)：涕泪交流。⑩逡(qūn)巡：一会儿。全：指可以活命。⑪劓(yì)：割鼻。馘(guó)：割左耳。⑫矢液：大小便。⑬守者：指其他守军。陷者：沦陷的百姓。⑭地机：地利。

城南感怀呈永叔

春阳泛野动[1]，春阴与天低[2]。远林气蔼蔼，长道风依依。览物虽暂适[3]，感怀翻然移[4]。所见既可骇，所闻

良可悲。去年水后旱，田亩不及犁，冬温晚得雪，宿麦生者稀。前去固无望[5]，即日已苦饥[6]。老稚满田野，斫掘寻凫茈[7]。此物近亦尽[8]，卷耳共所资[9]。昔云能驱风，充腹理不疑。今乃有毒厉，肠胃生疮痍[10]。十有七八死，当路横其尸，犬彘咋其骨[11]，乌鸢啄其皮[12]。胡为残良民，令此鸟兽肥？天意岂如此，决荡莫可知[13]。高位厌粱肉，坐论搀云霓[14]。岂无富人术[15]，使之长熙熙[16]。我今饥伶俜[17]，闵此复自思：自济既不暇，将复奈尔为！愁愤徒满胸，嵘竑不能齐[18]。

【注释】

①春阳：春天的阳和之气。②春阴：春季天阴时空中的阴气。③适：适意。④移：改变。⑤前去：前途。⑥即日：眼前。⑦凫茈（cí）：荸荠。⑧近：近来，⑨卷耳：即苍耳子，可入药。资：凭借。⑩“昔云”四句：过去说卷耳能祛风邪，充饥应该不成问题，现在才知道它有毒，会损坏肠胃。⑪咋（zé）：咬。⑫鸢（yuān）：老鹰。⑬“决荡”句：大意说（天道）打破常规，降灾于人的事，难以深究。⑭“高位”二句：指在高位者吃饱了细粮肉食，坐着说些云遮雾罩不着边际的话。⑮富人：使人富。⑯熙熙：和乐的样子。⑱伶（líng）俜（pīng）：孤零零的，指穷苦无依。⑱嵘竑（hóng）：山势突兀不平，这里形容悲愤之情。齐：平。

淮中晚泊犊头

春阴垂野草青青，时有幽花一树明。

晚泊孤舟古祠下，满川风雨看潮生①。

【注释】

①潮生：春潮涨起的景象。

初晴游沧浪亭

夜雨连明春水生①，娇云浓暖弄阴晴②。

帘虚日薄花竹静③，时有乳鸠相对鸣④。

【注释】

①连明：直到天明。②弄：戏。这里指阴晴变幻不定。③日薄：因云遮而日光淡薄。④乳鸠：幼鸠。

韩　琦

韩琦（1008～1075年），字稚圭，自号赣叟，相州安阳（今属河南）人。北宋政治家、著名军事将领。仁宗天圣五年（1027年）中进士，宝元三年（1040年）任陕西经略安抚副使，与范仲淹共筹防御西夏战事。庆历三年（1043年）任枢密副使，支持新政。英宗时官至宰相，封魏国公，卒谥“忠献”。有《安阳集》。

九日水阁

池馆隳摧古榭荒[1]，此延嘉客会重阳。虽惭老圃秋容淡[2]，且看寒花晚节香[3]。酒味已醇新过热[4]，蟹螯先实不须霜[5]。年来饮兴衰难强[6]，漫有高吟力尚狂[7]。

【注释】

①池馆：即水阁。隳（huī）摧：倾毁。②老圃：旧的园圃。秋容淡：秋色凄淡，指花枯叶落。③寒花：或作黄花，菊花。此句借菊花凌霜傲寒的特点比喻人晚节的坚贞不渝。④新过热：指（酒）刚刚温过。⑤“蟹螯”句：蟹螯（螃蟹的两只钳状胸肢）已经肥实，不待经霜之后。⑥“年来”句：近年来的酒兴因衰弱而不能多饮。⑦漫：徒、枉。高吟：指作诗。

曾　巩

曾巩（1019～1083年），字子固，建昌军南丰（今属江西）人。北宋政治家、文学家，“唐宋八大家”之一。嘉祐二年（1057年）中进士，历任知州、史馆修撰、中书舍人。文学成就以散文最高，长于议论，说理精密，风格淳古明洁。王安石曾赞叹说：“曾子文章世稀有，水之江汉星之斗。”有《元丰类稿》。

西　楼

海浪如云去却回，北风吹起数声雷。

朱楼四面钩疏箔[1]，卧看千山急雨来。

【注释】

①朱楼：即指西楼。钩疏箔（bó）：将帘子挂起来。疏：疏密。箔：用苇子或秫秸编成的帘子。

司马光

司马光（1019～1086年），字君实，号迂夫，晚年号迂叟，世称涑水先生。赠太师、温国公，谥“文正”。陕州夏县涑水乡（今山西运城夏县）人。北宋时期著名政治家、史学家、散文家。宝元二年（1039年）中进士，历任馆阁校勘、待制、翰林学士，官至尚书左仆射兼门下侍郎（宰相）。历时十九年撰成历史巨制《资治通鉴》。存诗千余首，有《传家集》、《司马文正公集》。

居洛初夏作

四月清和雨乍晴，南山当户转分明[1]。

更无柳絮因风起[2]，惟有葵花向日倾。

【注释】

①转：渐，更加。分明：清晰。②“更无”句：借用东晋谢道韫的“未若柳絮因风起”句，暗喻没有干扰，心境清净。

王安石

王安石（1021～1086年），号半山。北宋杰出的政治家、思想家、文学家、改革家，“唐宋八大家”之一。晚年退居江宁（今江苏南京），建半山园，终老。封荆国公，谥“文”。有《王临川集》、《临川集拾遗》等存世。

河北民

河北民，生近二边多苦辛。家家养子学耕织，输与官家事夷狄[1]。今年大旱千里赤，州县仍催给河役[2]。老小相携来就南[3]，南人丰年自无食。悲愁白日天地昏，路傍过者无颜色[4]。汝生不及贞观中[5]，斗粟数钱无兵戎。

【注释】

①输：送。官家：皇帝。事：指防御。夷狄：指西夏。②河役：治理黄河的劳役。③就南：到黄河以南地区来就食（逃荒）。④无颜色：脸色不好。⑤汝：指人民。

登飞来峰

飞来山上千寻塔[1]，闻说鸡鸣见日升。
不畏浮云遮望眼[2]，只缘身在最高层。

【注释】

①千寻：八尺为一寻，千寻极言其高，是夸张的说法。②畏：惧怕。

壬辰寒食

客思似杨柳，春风千万条。更倾寒食泪，欲涨冶城潮[1]。巾发雪争出[2]，镜颜朱早凋[3]。未知轩冕乐，但欲老渔樵[4]。

【注释】

①冶城：在今江苏南京城西，为吴国铸冶之地，故名。“寒食泪”能涨起“冶城潮”，极言悲恸。②巾发：巾下之发。雪：喻白发。③镜颜：镜中之颜。④轩：指轩车。冕：指冕服。后世用“轩冕”指官位爵禄。

明妃曲

其　一

明妃初出汉宫时，泪湿春风鬓脚垂[1]。低回顾影无颜色，尚得君王不自持[2]。归来却怪丹青手[3]，入眼平生未曾有[4]。意态由来画不成，当时枉杀毛延寿[5]。一去心知更不归，可怜着尽汉宫衣[6]。寄声欲问塞南事[7]，只有年年鸿雁飞。家人万里传消息：“好在毡城莫相

忆[8]。君不见，咫尺长门闭阿娇[9]，人生失意无南北。”

【注释】

①春风：指代脸。②不自持：难以控制自己。③丹青手：画师，指毛延寿。④“入眼”句：意谓平生从未见过如此美色。⑤枉杀：错杀，空杀。⑥着尽：穿尽。⑦塞南：边塞之南，指汉朝。⑧毡城：指匈奴地区。⑨咫尺长门：近在咫尺的长门宫。长门，汉朝宫名。阿娇：汉武帝皇后陈阿娇。失宠后居长门宫。

白沟行

白沟河边蕃塞地[1]，送迎蕃使年年事。蕃使常来射狐兔，汉兵不道传烽燧[2]。万里锄耰接塞垣，幽燕桑叶暗川原[3]。棘门灞上徒儿戏，李牧廉颇莫更论[4]。

【注释】

①白沟：宋、辽之间的界河。蕃塞地：与外族交界的边塞之地。②汉兵：指宋兵。不道：不知。传烽燧（suì）：传递烽火报警。③锄耰（yōu）：耕作。耰：播种后用耰（农具）平土。幽燕：古代幽燕指今河北北部、北京至关外一带。暗：因在茂盛的农作物的遮蔽下而显得阴暗。④棘门、灞上：古地名。李牧：战国时赵国名将，长期防边，打败过匈奴等北方游牧民族。廉颇：战国时赵国名将。

元日

爆竹声中一岁除，春风送暖入屠苏[①]。
千门万户曈曈日[②]，总把新桃换旧符[③]。

【注释】

①屠苏：酒名。古代风俗，正月初一日合家饮屠苏酒。②曈曈(tóng)：太阳初出渐渐明亮的样子。③桃符：古代风俗，元旦日用桃木板绘神(shēn)荼(shū)、郁垒(lǜ)二神像(或书其名)，悬挂门旁，以为能驱邪，后来逐渐被春联代替。

北陂杏花

一陂春水绕花身[①]，花影妖娆各占春。
纵被春风吹作雪，绝胜南陌碾成尘。

【注释】

①陂(bēi)：池，塘。

江上

江水漾西风[①]，江花脱晚红[②]。
离情被横笛，吹过乱山东[③]。

【注释】

①漾西风：因西风而荡漾生波。②脱晚红：晚开的花也凋谢

了。③“离情”二句：横笛声带着离情，飘向远方。乱山东：乱山之东。

梅　花

墙角数枝梅，凌寒独自开。

遥知不是雪，为有暗香来[1]。

【注释】

①“遥知”二句：远远地就能感知它不是白雪，因为有一股幽香不知不觉地潜来。蔡正孙引胡仔说，“南朝苏子卿有《梅花》诗云，‘只言花是雪，不悟有香来。’”王安石虽袭此意，“然思益精，而语益工也”（《诗林广记》后集卷二）。

书湖阴先生壁

其　一

茅檐长扫静无苔，花木成畦手自栽[1]。

一水护田将绿绕，两山排闼送青来[2]。

【注释】

①成畦（qí）：一畦一畦的。畦：田地间为方便耕作管理而划

分的长行。②排闼（tà）：推开门。

贾　生

一时谋议略施行[①]，谁道君王薄贾生？
爵位自高言自废，古来何啻万公卿[②]！

【注释】

①略：大体，大致。②何啻（chì）：何止。

孟　子

沉魄浮魂不可招，遗编一读想风标[①]。
何妨举世嫌迂阔[②]，故有斯人慰寂寥。

【注释】

①遗编：指《孟子》七篇。风标：风度品格。②迂阔：《史记·孟荀列传》："孟子……道既通，游事齐宣王，宣王不能用。适梁，梁惠王不果所言，则见以为迂远而阔于事情。"迂阔：迂远而不切实际。

泊船瓜洲

京口瓜洲一水间[①]，钟山只隔数重山[②]。
春风又绿江南岸，明月何时照我还？

【注释】

①京口：今江苏镇江，与瓜洲渡南北相对。瓜洲：瓜洲渡，长江渡口，在扬州南。一水：指长江。②钟山：今南京紫金山。

苏 轼

和子由渑池怀旧

人生到处知何似[1]，应似飞鸿踏雪泥。泥上偶然留指爪，鸿飞那复计东西[2]。老僧已死成新塔，坏壁无由见旧题[3]。往日崎岖还记否[4]？路长人困蹇驴嘶[5]。

【注释】

①到处：所到之处。②“泥上”二句：强调鸿雁无心，不计在何处留下过自己的足迹。③“老僧”二句：苏辙原诗说，“旧宿僧房壁共题。”这时已人物俱非了。④往日：指嘉祐元年（1056年）“三苏”赴京曾路经此地。⑤“路长”句：作者自注，“往岁（即指嘉祐元年）马死于二陵（在渑池西），骑驴至渑池”。蹇（jiǎn）驴：跛足的或驽钝的驴。

游金山寺

我家江水初发源[1]，宦游直送江入海。闻道潮头一丈高，天寒尚有沙痕在。中泠南畔石盘陀[2]，古来出没随涛波[3]。试登山顶望乡国[4]，江南江北青山多。羁愁畏晚寻归楫[5]，山僧苦留看落日。微风万顷靴文细，断霞半空鱼尾赤[6]。是时江月初生魄[7]，二更月落天深黑。江心似有炬火明，飞焰照山栖鸟惊[8]。怅然归卧心莫识，非鬼非人竟何物？江山如此不归山，江神见怪惊我顽[9]。我谢江神岂得已，有田不归如江水[10]。

【注释】

①家：家住。江：指长江。古人认为岷江（流经眉山之东，入长江）是长江源头。故有“初发源”之语。②中泠（líng）：泉名，在金山西北江心中。盘陀：山石高大不平的样子。③出没：露出或没入水面。④乡国：故乡。⑤羁愁：羁旅之愁。寻归楫（jí）：寻返回镇江的船。当时金山孤立江中，不与陆地相连。楫：桨，指代船。⑥鱼尾：指霞的颜色。⑦初生魄：初生的月光（刚刚有点亮起来的月光）。⑧“江心”二句：作者自注，“是夜所见如此”。一种没有得到确解的自然现象，偶见于晦暝之夜的江海水面上。⑨“江山”二句：大意是江山如此美好，而我却不知归去，江神责怪我冥顽

不灵，故以“阴火”惊醒一下。⑩“我谢”二句：大意是我告诉江神说，出仕是为了衣食，不得已如此，将来有田可耕，就一定回去。

六月二十七日望湖楼醉书五绝

其　一

黑云翻墨未遮山，白雨跳珠乱入船。
卷地风来忽吹散，望湖楼下水如天①。

【注释】

①望湖楼：在西湖边。水如天：湖面如天空一样明净。

吴中田妇叹　和贾收韵

今年粳稻熟苦迟，庶见霜风来几时①。霜风来时雨如泻，杷头出菌镰生衣②。眼枯泪尽雨不尽，忍见黄穗卧青泥！茅苫一月垄上宿③，天晴获稻随车归。汗流肩赪载入市④，价贱乞与如糠粞⑤。卖牛纳税拆屋炊⑥，虑浅不及明年饥⑦。官今要钱不要米⑧，西北万里招羌儿⑨。龚黄满朝人更苦⑩，不如却作河伯妇⑪。

【注释】

①“庶见”句：希望霜风催熟稻谷，使早日收割。②杷头出

菌：杷头（农具）长出了蘑菇。镰生衣：镰刀生出了一层锈。③“茅苫（shān）”句：在地头茅棚住了一个月。④赪（chēng）：红。市：街市。⑤乞与：给予。粞（xī）：碎米。⑥拆屋炊：拆了屋木为柴，烧火做饭。⑦“虑浅”句：大意是说为了救目前燃眉之急，顾不得考虑明年如何应付饥荒了。⑧“官今”句：当时赋税收钱不收米，农民以贱价卖米交钱，正所谓“弃其有余，取其所无”。⑨羌儿：指党项羌（少数民族）建立的西夏政权。⑩龚黄：龚指龚遂，曾任渤海郡太守，黄指黄霸，曾任颍川郡太守，是西汉的两位能臣循吏。人：民。⑪“不如”句：意谓日子过不下去了，不如投河自尽。河伯娶妇故事见《史记·滑稽列传》西门豹治邺一段。

饮湖上初晴后雨

其　二

水光潋滟晴方好①，山色空蒙雨亦奇②。
欲把西湖比西子③，淡妆浓抹总相宜④。

【注释】

①潋（liàn）滟（yàn）：湖面上波光荡漾的样子。②空蒙：雾气迷蒙的样子。③西子：即西施，春秋时越国美女。④淡妆：应

第一句。浓抹：应第二句。总：都。清人查慎行说："多少西湖诗被二语扫尽，何处着一毫脂粉颜色！"

新城道中

其　一

东风知我欲山行，吹断檐间积雨声。岭上晴云披絮帽[1]，树头初日挂铜钲[2]。野桃含笑竹篱短，溪柳自摇沙水清[3]。西崦人家应最乐[4]，煮葵烧笋饷春耕[5]。

【注释】

①絮：指丝绵絮。②初日：初升的太阳。铜钲（zhēng）：铜锣。③"野桃"二句：写景名句，前人称之为"铸语神来"。短：矮。④西崦（yǎn）：西山（泛指，不是山名）。⑤葵：葵菜，一种蔬菜。饷（xiǎng）：给在田间劳动的人送饭。

於潜女

青裙缟袂於潜女[1]，两足如霜不穿屦[2]。䩠沙鬓发丝穿柠，蓬沓障前走风雨[3]。老濞宫妆传父祖[4]，至今遗民悲故主。苕溪杨柳初飞絮[5]，照溪画眉渡溪去[6]。逢郎樵归相媚妩[7]，不信姬姜有齐鲁[8]。

【注释】

①缟（gǎo）袂（mèi）：白袖，指代白色上衣。於潜：宋代杭

州属县，在今浙江西北部，已并入临安。②屦（jù）：单底的鞋，多用麻、葛制成。③“鰆（zhā）沙”二句：大意说於潜女用大银梳拢住蓬松的头发，像织布的梭子一样，在风雨中穿行。鰆沙，这里形容鬓发翘起开张的样子。柠：当作“杼（zhù）”，织布梭。蓬沓（tà）：大银梳。障前：遮住前额。④“老濞（bì）”句：大意说於潜女的装束是从祖辈流传下来的。老濞：西汉初刘濞，刘邦之侄，封吴王。这里借指吴越王钱镠，五代时吴越国的建立者（公元 907 ~ 932 年在位）。⑤苕（tiáo）溪：在浙江北部，东西两源在湖州境内汇合，北流入太湖。⑥照溪：意谓以溪水为镜照面。⑦“逢郎”句：丈夫打柴归来，夫妇相互亲昵。⑧“不信”句：大意说於潜女的自然真率之美，胜过诗礼传家的闺秀。姬：指周公之子伯禽。姜：指姜太公（吕尚），西周初封于齐。

有美堂暴雨

游人脚底一声雷，满座顽云拨不开。天外黑风吹海立[1]，浙东飞雨过江来[2]。十分潋滟金樽凸，千杖敲铿羯鼓催[3]。唤起谪仙泉洒面，倒倾鲛室泻琼瑰[4]。

【注释】

①海立：指海潮高高涌起。杜甫《朝献太清宫》赋，“九天

之云下垂，四海之水皆立”。②浙东：浙江（钱塘江）之东，杭州在江之西。③“十分”二句：上句写钱塘江江潮涨起，似乎要溢出江岸，如杯中之酒要漾出来一样，下句写暴雨的声势之大，如千百鼓槌猛力擂鼓一样。潋滟：水充盈的样子。羯（jié）鼓：从西域传入的一种打击乐器，其形如桶，横置，两头可击，故亦谓之两杖鼓。④“唤起”句：据《李白传》，唐玄宗度曲，“欲造乐府新词”，即召李白，李白正醉卧酒肆中，“召入，以水洒面，即令秉笔，顷之成十余章，帝颇嘉之。”这里借用，谓暴雨是天帝欲以之唤醒天才诗人。“倒倾”句：承上句说，意谓美妙的诗文如倒倾鲛室而珍宝俱出一样，倾泻出来。鲛室：鲛人所居之室，在大海中。传说鲛人能泣泪成珠。琼瑰：比喻佳辞丽句。

祭常山回小猎

青盖前头点皂旗①，黄茅冈下出长围。弄风骄马跑空立②，趁兔苍鹰掠地飞③。回首白云生翠巘④，归来红叶满征衣。圣朝若用西凉簿，白羽犹能效一挥⑤。

【注释】

①青盖：带青色伞盖的车子。点皂旗：整顿部伍。点：校阅。②跑空立：马的两前肢腾空扒动，后两肢直立。极写骏马驰骤腾跃的矫健。③掠地：靠近地面掠过。④翠巘（yǎn）：青翠的山头。⑤“圣朝”二句：大意是说朝廷如果肯委以重任，我还能效力于边疆。西凉簿：指晋代西凉主簿谢艾，虽为文弱书生，但善用兵，曾在边境破敌立功。白羽：白羽扇，用白羽扇指挥作战，是儒将身份。

百步洪

其一

长洪斗落生跳波[①]，轻舟南下如投梭。水师绝叫凫雁起[②]，乱石一线争磋磨[③]。有如兔走鹰隼落[④]，骏马下注千丈坡[⑤]，断弦离柱箭脱手，飞电过隙珠翻荷[⑥]。四山眩转风掠耳，但见流沫生千涡。崄中得乐虽一快[⑦]，何异水伯夸秋河[⑧]。我生乘化日夜逝[⑨]，坐觉一念逾新罗[⑩]。纷纷争夺醉梦里，岂信荆棘埋铜驼[⑪]。觉来俯仰失千劫[⑫]，回视此水殊委蛇[⑬]。君看岸边苍石上，古来篙眼如蜂窠[⑭]。但应此心无所住[⑮]，造物虽驶如吾何[⑯]？回船上马各归去，多言譊譊师所呵[⑰]！

【注释】

①斗：陡，坡度大。②水师：船工。③乱石一线：乱石之间，航道窄如一线。磋磨：船与石相摩擦。④隼：鹰一类的猛禽。⑤下注：自坡上疾驰而下。⑥珠翻荷：水珠在荷叶上滚动。⑦崄：同“险”。⑧水伯：河伯（黄河神）在秋水大涨之时，喜不自胜，以为天下之美尽在己，及至见到大海，才明白自己的渺小。见《庄子·秋水》。⑨乘化：顺应自然变化。日夜逝：指时光的迅速流逝。《论语·子罕》中有“逝者如斯夫，不舍昼夜”。⑩新罗：古国名，这里比喻遥远，指思想意念的转变极其迅速。⑪荆棘埋铜驼：比喻世事变化之快。《晋书·索靖传》：“靖有先识远量，知天下将乱，指洛阳宫门铜驼，叹曰，‘会见汝在荆棘中

耳。'" ⑫俯仰：一俯一仰之间，极短的时间。千劫：极长的时间。⑬委（wēi）蛇（yí）：同"逶迤"，指曲折，这里是迂缓的意思。全句是说：悠悠千劫也只是俯仰之间的事，与此相比，百步洪的急流实在是迟缓得很。⑭篙眼：船篙触石所成的洞。⑮住：留止，执着。全句是说：应将诸如生死、荣辱、穷通之类置之度外。⑯造物：即造物主，指上天或自然。驶：急骤地运行。⑰譊（náo）譊：多言，唠叨。师：僧人参寥，作者的朋友，同游百步洪。

雨晴后步至四望亭下鱼池上遂自乾明寺前东冈上归

其　二

高亭废已久，下有种鱼塘①。暮色千山入②，春风百草香。市桥人寂寂③，古寺竹苍苍。鹳鹤来何处④？号鸣满夕阳⑤。

【注释】

①种鱼塘：养鱼池。②千山入：入千山。③"市桥"句：由

于暮色渐深，往来于市桥的人迹渐渐稀少。④鹳鹤：泛指鹤类。鹳：大型水禽，似鹤。⑤号：叫。全句说鹳鹤在长空夕照中长鸣。

月夜与客饮杏花下

杏花飞帘散余春[1]，明月入户寻幽人[2]。搴衣步月踏花影[3]，炯如流水涵青蘋[4]。花间置酒清香发，争挽长条落香雪[5]。山城酒薄不堪饮[6]，劝君且吸杯中月。洞箫声断月明中，惟忧月落酒杯空。明朝卷地春风恶，但见绿叶栖残红。

【注释】

①“杏花”句：意思指春光将尽。②幽人：隐居之人。③搴(qiān)衣：提起衣襟。④炯：明亮。蘋：一种水草，生于池塘等浅水中。⑤长条：指杏枝。香雪：指杏花。⑥山城：指徐州。这首诗作于知徐州任上。

海　棠

东风袅袅泛崇光[1]，香雾空蒙月转廊。
只恐夜深花睡去，故烧高烛照红妆[2]。

【注释】

①“东风”句：大意是说：在袅袅东风的吹拂下，一丛丛海棠闪动着光泽。袅袅：形容风的柔弱。崇：这里同“丛”。②“只

恐”二句：写惜花惜春之情。花睡去，典出《太真外传》，唐玄宗登沉香亭，召杨贵妃，贵妃醉酒未醒，由侍女扶掖而至，不能行礼。玄宗笑曰：“岂是妃子醉耶？真海棠睡未足耳。”李白《清平调词》有“云想衣裳花想容”，“沉香亭北倚阑干”之句，均以美人比花，苏诗则以花比美人。

东　坡

雨洗东坡月色清①，市人行尽野人行②。
莫嫌荦确坡头路③，自爱铿然曳杖声④。

【注释】

①东坡：作者贬居黄州后，亲自垦耕于坡地，并筑“雪堂”于其上，自号东坡居士。②市人：城市居民。野人：山野之人，指农民。这里也包括作者自己在内。③荦确：山石不平的样子。④铿然：手杖触及山石的声音。

题西林壁

横看成岭侧成峰，远近高低各不同。
不识庐山真面目，只缘身在此山中①。

【注释】

①缘：由于。后人引此二句，常用来说明当局者迷，旁观者清；执着于局部，而不能洞察全局的哲理。

书李世南所画秋景

其　一

野水参差落涨痕[1]，疏林攲倒出霜根[2]。
扁舟一櫂归何处[3]？家在江南黄叶村[4]。

【注释】

①“野水”句：写秋水。落涨痕：由于水位的下落，露出涨水在涯岸上留下的痕迹。②疏林：指秋林。攲（qī）：倾斜。霜根：发白的树根。③扁舟一櫂（zhào）：一叶扁舟。櫂：船桨。④“家在”句：想象画上的小船是摇向江南黄叶村的。

惠崇春江晚景

其　一

竹外桃花三两枝，春江水暖鸭先知。
蒌蒿满地芦芽短[1]，正是河豚欲上时[2]。

【注释】

①蒌蒿：多年生草本植物，花淡黄色，其茎可食。②河豚：鱼名。肉味鲜美而内脏有毒。

赠刘景文

荷尽已无擎雨盖[1]，菊残犹有傲霜枝。
一年好景君须记，最是橙黄橘绿时。

【注释】

①擎雨盖：喻指荷叶。

淮上早发

淡月倾云晓角哀，小风吹水碧鳞开[1]。
此生定向江湖老，默数淮中十往来[2]。

【注释】

①碧鳞：碧波微漾，犹如鱼鳞。②十往来：指作者共十次往返于淮河一线。

荔支叹

十里一置飞尘灰，五里一堠兵火催[1]。颠坑仆谷相枕藉[2]，知是荔支龙眼来。飞车跨山鹘横海[3]，风枝露叶如新采[4]。宫中美人一破颜[5]，惊尘溅血流千载。永元荔支来交州[6]，天宝岁贡取之涪[7]。至今欲食林甫肉[8]，无人举觞酹伯游[9]。我愿天公怜赤子，莫生尤物为疮痏[10]。雨顺风调百谷登，民不饥寒为上瑞[11]。君不见，武夷溪边粟粒芽[12]，前丁后蔡相笼加[13]，争新买宠各出意，今年斗品充官茶[14]。吾君所乏岂此物？致养口体何陋耶[15]！洛阳相君忠孝家[16]，可怜亦进姚黄花[17]。

【注释】

①置、堠（hòu）：都指驿站。②枕藉：交错相枕而卧。这里指死人多，遗尸重叠。③鹘（hú）横海：以鹘横掠大海比喻飞车跨山，极言其快。④风枝露叶：荔枝还带着产地的风露，极言其新鲜。⑤宫中美人：指杨贵妃。杜牧《过华清宫绝句》，“一骑红尘妃子笑，无人知是荔枝来”。⑥永元：汉和帝年号（公元89～105年）。交州：今两广及越南北部一带。⑦天宝：唐玄宗年号（公元742～756年）。涪（fú）：涪州，今重庆涪陵。⑧林甫：李林甫，玄宗时权臣，争宠固位，败坏朝政。⑨举觞：举杯。酹（lèi）：浇酒致祭。伯游：即唐羌（字伯游），汉时为临武县（今属湖南）令，曾上书言进荔枝之弊，和帝接受了他的劝谏，罢去进贡。⑩尤物：非凡的物品。疮痏（wěi）：

疮痍。喻指祸害。⑪上瑞：最好的祥瑞。瑞，吉祥的征兆。⑫武夷：武夷山，在今福建西北部，产名茶。粟（sù）粒芽：茶名。旧注引《武夷山记》，“山产茶粟粒者，初春芽茶也。品最贵”。⑬前丁后蔡：丁指丁谓，宋真宗时官至参知政事。蔡指蔡襄，官至端明殿学士，福建路转运使，二人曾进贡“大小龙茶”。笼加：装笼加封以进贡。⑭今年：即绍圣二年（1095 年）。斗品：参加比赛的极品好茶。⑮“致养”句：使（皇帝）口体得到养护，满足口腹之欲。何陋耶：见识多么浅陋！指进贡取宠者说。⑯洛阳相君：指钱惟演，位至使相，晚年判河南府，为西京（洛阳）留守。忠孝家：五代时吴越王钱俶（钱惟演之父）不战而降宋，太宗称赞他能以“忠孝保社稷”。⑰可怜：可惜可叹。姚黄花：洛阳牡丹的珍贵品种。花黄色，出于姚氏家，故称姚黄。

六月二十日夜渡海

参横斗转欲三更，苦雨终风也解晴①。云散月明谁点缀？天容海色本澄清②。空余鲁叟乘桴意③，粗识轩辕奏乐声④。九死南荒吾不恨，兹游奇绝冠平生⑤。

【注释】

①参（shēn）横斗转：参星横斜，北斗转向。用星座位置的移动说明时间推移。参：二十八宿中西方白虎七星之一。斗：北斗星。苦雨：比喻自己所受的政治上的磨难。终风：大风，暴风。②“云散”二句：歌颂朝廷新气象，以浮云比喻奸佞，“天容海色”比喻皇帝和朝廷的本心。③鲁叟：指孔子。④轩辕：黄

帝。⑤兹游：指作者被贬的经历。作者于绍圣元年（1094年）六月被贬，十月到岭南惠州，绍圣四年（1097年）再贬海南，据说在宋朝，放逐海南是仅比满门抄斩罪轻一等的处罚。后徽宗即位，调廉州安置、舒州团练副使、永州安置。元符三年大赦，六月渡海北还，复任朝奉郎，北归途中，卒于常州（今属江苏）。

澄迈驿通潮阁

其　二

余生欲老海南村[①]，帝遣巫阳招我魂[②]。
杳杳天低鹘没处，青山一发是中原[③]。

【注释】

①海南村：海南的村野。②“帝遣”句：这里以天帝喻朝廷，以招魂喻自己从贬地被召回。《楚辞·招魂》：“帝告巫阳曰：‘有人在下，我欲辅之。魂魄离散，汝筮予之。’巫阳乃下招曰：魂兮归来。”③杳杳：深远不清晰的样子。鹘：鹰一类的鸟。没：隐没，消失。青山一发：远处青山连成一片，其轮廓逶迤如一发。

苏　辙

苏辙（1039～1112年），字子由，眉州眉山（今属四川眉山）人。北宋著名的文学家、诗人、政治家。以散文著称，与父苏洵、兄苏轼合称“三苏”，并列“唐宋八大家”。嘉祐二年（1057年）进士及第，官至尚书右丞，门下侍郎。晚年退居颍滨，自号颍滨遗老。其文风汪洋淡泊，一波三折，法度严整，有秀杰深醇之气。亦能诗，内容多为个人生活中的见闻感触，以及朋友之间的酬答，其中与其兄苏轼之间的唱和尤多。有《栾城集》。

游西湖

闭门不出十年久，湖上重游一梦回①。行过闾阎争问讯②，忽逢鱼鸟亦惊猜③。可怜举目非吾党④，谁与开樽共一杯？归去无言掩屏卧，古人时向梦中来。

【注释】

①湖：指颍州西湖。徽宗崇宁三年（1104年），苏辙为避祸，退居颍州（即颍昌府，在今河南许昌）。一梦回：重游西湖，恍如梦境。②闾（lǘ）阎（yán）：街坊的门，这里指街坊。争问讯：指邻居街坊向作者问候致意。③惊猜：惊讶。④怜：叹惜。吾党：朋辈。

孔平仲

孔平仲，生卒年不详，字义甫，一作毅父。临江新淦（今江西新干）人，北宋诗人。与同为诗人的兄长孔文仲、孔武仲并称“清江三孔”。治平二年（1065 年）中进士，历任秘书丞、集贤校理、知州、户部郎中等。其诗风豪放雄迈夭矫流丽，风格流丽清整、通畅明快。

代小子广孙寄翁翁

爹爹来密州①，再岁得两子②。牙儿秀且厚③，郑郑已生齿，翁翁尚未见，既见想欢喜。广孙读书多，写字辄两纸。三三足精神，大安能步履④。翁翁虽旧识，伎俩非昔比⑤。何时得团聚，尽使罗拜跪⑥。婆婆到辇下⑦，翁翁在省里⑧，太婆八十五⑨，寝膳近何似？爹爹与妳妳⑩，无日不思尔。每到时节佳，或对饮食美，一一俱上心，归期当屈指。昨日又开炉⑪，连天北风起。饮阑却萧条⑫，举目数千里。

【注释】

①爹爹：父亲。密州：指诸城（今属山东）。②再岁：两年。③牙儿：与下文的郑郑、三三、大安，都是广孙之弟。秀且厚：长得面目清秀敦实。④能：会。步履：走路。⑤“伎俩”句：意思是说比过去淘气了。⑥罗：环绕，围着。⑦辇（niǎn）下：帝辇之下，指京城。⑧省：中央官署名。作者之父延之，曾任司封

郎中，属尚书省。⑨太婆：曾祖母。⑩妳妳（nǎi）：母亲。⑪开炉：指生火炉取暖。⑫阑：残，尽。萧条：萧索，无趣味。

黄庭坚

登快阁

痴儿了却公家事[①]，快阁东西倚晚晴。落木千山天远大[②]，澄江一道月分明[③]。朱弦已为佳人绝[④]，青眼聊因美酒横[⑤]。万里归船弄长笛，此心吾与白鸥盟[⑥]。

【注释】

①痴儿：作者自指，含戏谑意。公家事：官事，公事。②落木：树木落叶。③澄江：既是江名（快阁即在其上），又指澄清之江水，与“落木”相对。④“朱弦”句：大意是说：世无知音，自己不愿显露才华。《吕氏春秋·本味》记伯牙善鼓琴，钟子期善听音，“钟子期死，伯牙破琴绝弦，终身不复鼓琴，以为世无足复为鼓琴者”。佳人：知音。绝：断。⑤“青眼”句：大意是说：只有美酒，才是自己愿意以正眼相对的。言外之意是鄙视俗人俗事。《晋书·阮籍传》记载阮籍能作青白眼。俗人来，作白眼；高士来，才青眼（黑眼珠）正视。⑥“此心”句：说自己的心愿是与白鸥订盟，同游云水之涯。借指退隐。据刘昼《刘子》记载，古时有隐者，无机巧之心，故鸥鸟与之同游，每日至者百数。

和答钱穆父咏猩猩毛笔

爱酒醉魂在[①]，能言机事疏[②]。平生几两屐[③]，身后五车书[④]。物色看王会，勋劳在石渠[⑤]。拔毛能济世，端为谢杨朱[⑥]。

【注释】

①“爱酒”句：指猩猩喜饮酒，又喜着屐，山乡人以酒、屐诱捕之，猩猩明知是陷阱，但经不住诱惑，还是入了陷阱。②“能言”句：意谓猩猩虽然能言，毕竟疏于机巧之事，遂为人所获。③“平生”句：指猩猩喜着屐而言。两：双。④“身后”句：指猩猩毛笔可以用来书写。五车书：指著述丰富。⑤“物色”二句：大意是说：猩猩毛笔来自外国，而为中华的文化事业服务。物色：寻求。王会：人名，《汲冢周书》有《王会篇》。任渊注引郑玄说，“王城既成，大会诸侯及四夷也。”石渠：即石渠阁，汉代皇家藏书之所。⑥“拔毛”二句：真应该告诉杨朱，拔毛（像猩猩毛之制成毛笔），是能够有助于社会的。端：应该。谢：告诉。杨朱：战国时思想家，主张“贵生”、“重己”。

寄黄几复

我居北海君南海[①]，寄雁传书谢不能[②]。桃李春风一杯酒，江湖夜雨十年灯。持家但有四立壁[③]，治病不蕲三折肱[④]。想得读书头已白，隔溪猿哭瘴溪藤[⑤]。

【注释】

①北海：时作者在德州德平镇（今山东德州境内）任上，地近"北海"。君：指黄几复。黄介，字几复，豫章（今江西南昌）人，作者的旧交，长期官于岭南。黄几复任四会（今属广东）知县，地近南海。②"寄雁"句：托大雁传书，大雁推辞说不能。③四立壁：家徒四壁，空无所有。《史记·司马相如传》："相如乃与（卓文君）驰归成都，家居徒四壁立。"④"治病"句：《左传》定公十三年，"三折肱，知为良医。"这里反用其意，说不须多经挫折，便能深知世故。蕲（qí）：祈，求。肱（gōng）：手臂。⑤瘴：瘴气。旧指南方（尤其是岭南）致人疾病的湿热之气。

送范德孺知庆州

乃翁知国如知兵[1]，塞垣草木识威名。敌人开户玩处女，掩耳不及惊雷霆[2]。平生端有活国计[3]，百不一试薶九京[4]。阿兄两持庆州节[5]，十年骐驎地上行[6]。潭潭大度中卧虎[7]，边人耕桑长儿女[8]。折冲千里虽有余，论道经邦政要渠[9]。妙年出补父兄处[10]，公自才力应时须[11]。

春风旍旗拥万夫⑫，幕下诸将思草枯⑬，智名勇功不入眼⑭，可用折棰笞羌胡⑮。

【注释】

①乃：指范德孺，范仲淹第四子。元丰八年（1085 年）以龙图阁学士出知庆州（今甘肃庆阳），担负边防重任。乃翁：指德孺之父范仲淹。知：掌管，主持。②玩：轻视。处女：喻主将治军静如处女，似乎柔弱无能。惊雷霆：《淮南子·兵略训》："疾雷不及塞耳，疾霆不及掩目"。③端：确实。活国计：救国的计划。④百不一试：试行的（活国计）还不到百分之一。薶（mái）九京：逝世。薶：同"埋"。九京：泛指墓地。⑤"阿兄"句：德孺之兄范纯仁，字尧夫，范仲淹第二子，两次出任庆州知州。持节：古代使臣出使，持节（符节）以为凭证。⑥骐驎：良马名，这里比喻范纯仁的才高志远。又，"骐驎"同"麒麟"，传说中的仁兽，则是比喻范纯仁的仁厚爱人。⑦潭潭：深沉的样子。卧虎：比喻镇静而有威严。⑧边人：边民。长：长养，养育。⑨"折冲"二句：退敌制胜虽有余裕，但治理国政更需要他。元祐元年（1086 年），范纯仁回朝任同知枢密院事（地位相当于副宰相）。这里称赞他有出将入相之才。折冲：指退敌。政：同"正"。渠：他。⑩妙年：壮盛之年。补：补官缺。父兄处：指庆州。⑪公：指范德孺。应时须：适应时势需要。⑫旍（jīng）旗：同"旌旗"。⑬思草枯：盼望作战的好时机。⑭智名：以小智取名。勇功：以小勇立功。"智名"句：大意是说：不把小智小勇的功名放在眼里。《孙子兵法·军形篇》，"故善战者之胜也，无智名，无勇功"。⑮棰：杖、棍。笞羌胡：鞭打敌人。羌胡：指西夏。

戏呈孔毅父

管城子无食肉相，孔方兄有绝交书[1]。文章功用不经世[2]，何异丝窠缀露珠[3]。校书著作频诏除[4]，犹能上车问何如。忽忆僧床同野饭，梦随秋雁到东湖[5]。

【注释】

①管城子：指毛笔，语出韩愈《毛颖传》，“秦皇帝使（蒙）恬赐之（按，指毛颖）汤沐，而封诸管城，号曰管城子。”《毛颖传》用拟人写法，毛颖指笔，其杆为竹管，故拟一爵号为管城子。食肉相：封侯的贵相，语出《后汉书·班超传》。孔方兄指钱，因其外圆而孔为方形。语出鲁褒《钱神论》，“亲爱如兄，字曰孔方。”绝交书：魏晋之际嵇康有《与山巨源绝交书》，这里只取金钱与人绝交之义，来说贫困。②经世：治理国家。③丝窠（kē）：蜘蛛网。④诏除：以朝廷诏令授官。⑤“忽忆”二句：忽然想起过去与你同游僧寺，共享野餐的事情，连做梦也似乎追随南飞的秋雁回到了东湖。

雨中登岳阳楼望君山（二首）

投荒万死鬓毛斑[1]，生出瞿塘滟滪关[2]。
未到江南先一笑，岳阳楼上对君山。

满川风雨独凭栏，绾结湘娥十二鬟[3]。
可惜不当湖水面[4]，银山堆里看青山。

【注释】

①投荒：被流放到荒远之地。作者于绍圣元年（1094 年）被贬至四川。②瞿塘：长江三峡之一，在今重庆奉节以东。三峡之中，瞿塘最险。滟（yàn）滪（yù）关：即滟滪堆。在瞿塘峡中，是三峡中著名险阻。③绾（wǎn）：盘结。湘娥：湘水女神。④“可惜”句：意谓自己是在岳阳楼上，而不是在洞庭湖的水面上。

题竹石牧牛并序

子瞻画丛竹怪石[①]，伯时增前坡牧儿骑牛[②]，甚有意态，戏咏。

野次小峥嵘[③]，幽篁相倚绿[④]。阿童三尺棰，御此老觳觫[⑤]。石吾甚爱之，勿遣牛砺角[⑥]。牛砺角尚可，牛斗残我竹。

【注释】

①子瞻：苏轼，字子瞻。②伯时：李公麟，字伯时，舒州舒城（今属安徽）人。北宋画家，擅长山水、佛像。增：增添。③野次：原野中。峥嵘：高峻，这里形容突兀不平的怪石。④幽篁：竹子。相倚：与怪石倚近。⑤御：驾驭。觳（hú）觫（sù）：本意为因恐惧而战栗。《孟子·梁惠王》，“有牵牛而过堂下者……王曰，‘舍之，吾不忍其觳觫’”。这里指代牛。⑥遣：使。砺：磨。

寄贺方回

少游醉卧古藤下[①]，谁与愁眉唱一杯。
解作江南断肠句[②]，只今唯有贺方回。

【注释】

①少游：指秦观（字少游）。秦观在处州（今浙江丽水）作词（即《好事近》）有“醉卧古藤阴下，了不知南北”之句，这里借用，指秦观卒于滕州。②解：懂。断肠句：贺铸词《青玉案》有“碧云冉冉蘅皋暮，彩笔新题断肠句。”这里借用，悼念秦观。

题花光老为曾公衮作水边梅

梅蕊触人意，冒寒开雪花。

遥怜水风晚，片片点汀沙[①]。

【注释】

①点：飘落，点缀在。

鄂州南楼书事

其　一

四顾山光接水光，凭栏十里芰荷香[①]。

清风明月无人管[②]，并作南楼一味凉[③]。

【注释】

①芰（jì）荷：出水的荷花。②管：管领，欣赏。③并：齐、共。一味：本指菜肴说，这里指凉意。

秦 观

春 日

其 一

一夕轻雷落万丝[1]，霁光浮瓦碧参差[2]。
有情芍药含春泪[3]，无力蔷薇卧晓枝。

【注释】

①丝：指春雨如丝。②霁（jì）光：晴光。霁：雨后放晴。参差：这里形容阳光在琉璃瓦上闪烁浮动。③泪：指未干的水滴。

秋 日

其 一

霜落邗沟积水清[1]，寒星无数傍船明。
菰蒲深处疑无地[2]，忽有人家笑语声。

【注释】

①邗沟：古运河名。故道自今江苏扬州南引长江水，经高邮入射阳湖。②菰（gū）蒲：浅水植物。菰的嫩茎称茭白，果实称菰米，均可食。蒲，又名香蒲，可制席，嫩者可食。

泗州东城晚望

渺渺孤城白水环，舳舻人语夕霏间①。
林梢一抹青如画，应是淮流转处山②。

【注释】

①舳（zhú）舻（lú）：指代船只。舳，是船尾的持舵处。舻，是船头的摇桨处。霏：云气。②淮流：指淮河之水流。

米　芾

米芾（1051～1107年），字元章，号鹿门居士、襄阳居士、海岳山人等。湖北襄阳人。北宋著名书法家、画家、书画理论家。曾任校书郎、书画博士、礼部员外郎。徽宗时任书画博士，人称“米南宫”。因举止“颠狂”，又称“米颠”。书法与蔡襄、苏轼、黄庭坚并称“宋四家”。擅长于水墨山水，人称“米氏云山”。著《山林集》，已佚。其书画理论见于所著《书史》、《画史》、《宝章待访录》等书中。

望海楼

云间铁瓮近青天①，缥缈飞楼百尺连②。三峡江声流笔底，六朝帆影落樽前③。几番画角连红日④，无事沧洲起白烟⑤。忽忆赏心何处是？春风秋月两茫然⑥。

【注释】

①铁瓮：铁瓮城，丹徒城的别称。在丹徒北固山，三国时孙

权所筑。②飞楼：指望海楼，“飞”字形容其高耸之势。③三峡：长江三峡，在镇江千里以外。六朝：指吴、东晋、宋、齐、梁、陈，在北宋数百年以前。④画角：带有彩绘的号角，发声激越，多在晨昏时吹之。连红日：这里指画角声直上云霄，似乎在催促红日西沉。⑤沧洲：滨水的地方，这里即指长江岸边。⑥赏心：四美之一，古人以良辰、美景、赏心、乐事为“四美”。“忽忆”二句大意是说：在这样的良辰美景之中，自己却不觉得愉悦。

垂虹亭

断云一叶洞庭帆①，玉破鲈鱼金破柑②。
好作新诗寄桑苎③，垂虹秋色满东南。

【注释】

①洞庭：太湖有东、西洞庭山。意为远望太湖中船帆，如断云而来。②“玉破”句：意谓鲈鱼如玉，黄柑如金，极言其色泽之美。③桑苎（zhù）：桑树和苎麻。这里指家乡。

贺　铸

贺铸（1052~1125 年），北宋著名词人，名作《青玉案》脍炙人口，流传甚广，有“一川烟草，满城风絮，梅子黄时雨”之句，时人遂以“贺梅子”称之。入仕为右班殿直，又历任都作院、监钱官、管界巡检等地方低级武职，抑郁不得志，自称“四年冷笑老东徐”。元祐六年（1091 年），由于李清臣、苏轼推荐，改为文职，任承事郎，为常侍。其词刚柔兼济，深婉丽密，风格多样。有《庆湖遗老集》、《东山词》。

清燕堂

雀声啧啧燕飞飞，在得残红一两枝[1]。
睡思乍来还乍去[2]，日长披卷下帘时[3]。

【注释】

①在：存留。②睡思：睡意。③披卷：打开书卷。

陈师道

陈师道（1053 ~ 1101 年），字履常，一字无已，号后山居士。彭城（今江苏徐州）人。北宋诗人，与黄庭坚、陈与义并列为江西诗派之三宗。元祐二年（1087 年），由于苏轼等人的推荐，以布衣为徐州教授，元符三年（1100 年），任秘书省正字。其作品淡泊中见深沉，朴拙中见精工，别具特色。有《后山居士文集》。

送外舅郭大夫概西川提刑

丈人东南来，复作西南去。连年万里别，更觉贫贱苦。王事有期程，亲年当喜惧[1]。畏与妻子别，已复迫曛暮[2]。何者最可怜，儿生未知父。盗贼非人情，蛮夷正狼顾[3]。功名何用多，莫作分外虑。万里早归来，九折慎驰骛[4]。嫁女不离家[5]，生男已当户[6]。曲逆老不侯，知人公岂误[7]。

【注释】

①王事：公事。期程：规定的期限。亲：双亲，这里指母亲。喜惧：《论语·里仁》："父母之年，不可不知也。一则以喜，一则以惧。"享有高寿是喜，去日无多是惧。当喜惧，谓已至高龄。②迫：迫近。曛（xūn）暮：傍晚。曛：落日的余光。③狼顾：如狼之视物。这里说"蛮夷"如狼之凶狠贪婪，企图有所攫取。④九折：指九折坂，在今四川。《汉书·王尊传》："王阳为益州刺史，行部至此，叹曰：'奉先人遗体，奈何数乘此险！'后以病去。王尊为刺史至此，则曰：'驱之！王阳为孝子，王尊为忠臣。'"这里实以山路之险喻仕途之险，劝郭概谨慎。骛：乱跑。⑤女：郭概之女，作者之妻。⑥男：郭概之子。当户，指郭子已成年。⑦"曲逆"二句：自己不能像陈平那样有出息，莫非是岳父识人择婿的一种失误？据《史记·陈丞相世家》，陈平年青时家贫贱，不能娶妻。同乡富人张负认为他将来必定富贵，乃以孙女嫁之。陈平佐刘邦定天下，封曲逆侯，官至丞相。侯：封侯。

别三子

夫妇死同穴[1]，父子贫贱离。天下宁有此？昔闻今见之。母前三子后[2]，熟视不得追[3]。嗟乎胡不仁[4]，使我至于斯[5]！有女初束发[6]，已知生离悲。枕我不肯起，畏我从此辞。

大儿学语言，拜揖未胜衣[7]。唤爷我欲去[8]，此语那可思！
小儿襁褓间[9]，抱负有母慈。汝哭犹在耳，我怀人得知？

【注释】

①同穴：合葬。②前：前行。后：后随。③追：随。④胡不仁：多么残忍啊！《老子》五章，“天地不仁，以万物为刍狗；圣人不仁，以百姓为刍狗”。不仁，本是任其自然、无所偏爱的意思，这里则指残忍。⑤斯：此。指如此贫苦的处境。⑥初束发：大约是七八岁的样子。⑦未胜(shēng)衣：年龄还很小。胜衣：禁得起衣服的重量。钟嵘《诗品》卷上，“才能胜衣，甫就小学”。古人八岁入小学。“未胜衣”当指五六岁，不到八岁的样子。⑧唤：呼。⑨襁(qiǎng)褓(bǎo)：背负小儿所用之物。襁：布幅。褓：小儿的被子。

十七日观潮

其　三

漫漫平沙走白虹[1]，瑶台失手玉杯空[2]。
晴天摇动清江底[3]，晚日浮沉急浪中[4]。

【注释】

①白虹：以白虹比喻浪花翻滚的潮水。潮水向前推进，是齐整的一线，比喻极为生动，富于想象力。②瑶台：传说中的神仙所居之地。东晋王嘉《拾遗记》说昆仑山旁有瑶台十二，“各广千步，皆以五色玉为台基”。全句以从瑶台倾泻下来的玉液琼浆比喻潮水。③晴天：晴朗的天空。④晚日：傍晚的太阳。

九日寄秦觏

疾风回雨水明霞[①]，沙步丛祠欲暮鸦[②]。九日清樽欺白发，十年为客负黄花。登高怀远心如在，向老逢辰意有加[③]。淮海少年天下士[④]，可能无地落乌纱[⑤]！

【注释】

①回雨：雨被风吹散。水明霞：水光映霞光，格外鲜明。②沙步：江边可以系船，供人上下的地方。丛祠：丛林中的祠庙。③向老：接近老境。辰：这里指节令（重阳）。④淮海少年：指秦觏（gòu）。⑤可能：岂能。落乌纱：《晋书·孟嘉传》："孟嘉为桓温参军，九月九日，与温同游龙山，风吹嘉帽堕落，嘉之不觉。温命孙盛作文嘲嘉，嘉亦为文答之，其文甚好。"后世传为佳话。这里是说：像你这样优秀出色的人，岂能没有展示才华并受到赏识的机会？

晁补之

晁补之（1053 ~ 1110 年），字无咎，号归来子。济州巨野（今属山东）人。北宋时期著名文学家，为"苏门四学士"之一，其他三人为黄庭坚、秦观、张耒。元丰二年（1079 年）中进士，历任秘书省正字、校书郎、通判、知州等职。以散文见长，文字流畅博辨，其政论、论史之作比较注重"事功"，诗歌风骨高骞，词作神姿高秀。有《鸡肋集》、《琴趣外篇》。

行路难和鲜于大夫子骏

赠君珊瑚夜光之角枕[1]，玳瑁明月之雕床[2]，一茧秋蝉之丽縠[3]，百和更生之宝香[4]。秾华纷纷白日暮[5]，红颜寂寞无留芳。人生失意十八九[6]，君心美恶谁能量？愿君虚怀广末照[7]，听我一曲关山长[8]：不见班姬与陈后[9]，宁闻衰落尚专房！

【注释】

①角枕：角制的枕，是说角枕用珊瑚和夜光珠做装饰。下句句法仿此。②玳瑁：海中动物，其角质板有花纹，可做装饰品。明月：明月珠。③縠（hú）：绉纱一类的丝织品。④百和：百和香，用多种原料配制的香。更生：菊花的别名。⑤秾华：繁盛的花朵，比喻青春。⑥十八九：十有八九。⑦广：推广，扩大。末照：夕阳余晖。⑧关山长：古乐名。郭茂倩《乐府诗集》卷三十二引《乐府解题》说，"'《关山月》，伤离别也。'按相和曲有《度关山》，亦此类也"。⑨班姬：班婕妤，名未详。成帝时入宫，为婕妤（女官名），后失宠，曾作诗赋自伤。陈后：陈皇后（小字阿娇）。汉武帝年幼时说，"若得阿娇，当以金屋藏之"。武帝即位，立为皇后，被废后居长门宫。

李　纲

李纲（1083 ~ 1140 年），字伯纪，号梁溪先生。原籍邵武（今福建武夷山），后居无锡。宋代著名抗金名臣。宋徽宗政和二年（1112 年）进士，历任起居郎、太常少卿、兵部侍郎、尚书右丞。其诗文多为爱国诗篇，其词形象生动，风格沉雄劲健。有《梁溪先生文集》、《靖康传信录》、《梁溪词》等。

病　牛

耕犁千亩实千箱①，力尽筋疲谁复伤②？
但得众生皆得饱③，不辞羸病卧残阳④。

【注释】

①实：果实、粮食。箱：车箱。②伤：同情、哀怜。③众生：世人、百姓。④羸病：瘦弱多病。

李清照

乌　江

生当作人杰，死亦为鬼雄。
至今思项羽①，不肯过江东②。

【注释】

①项羽：秦末起义军领袖，对灭秦有重大贡献。秦亡后，与刘邦争战，于乌江兵败后自杀。②“不肯”句：《史记·项羽本纪》载，项羽兵败，乌江亭长驶船让项羽渡乌江，项羽不肯，最后自刎而死。江东：长江下游以南地区。

绝　句

其　四

书当快意读易尽[①]，客有可人期不来[②]。
世事相违每如此，好怀百岁几回开[③]。

【注释】

①快意：心情爽快舒适。②可人：称自己心意的人，可爱的人。期：企盼。③百岁：指一生。意谓人生不过百年，却难得几次开怀。

春怀示邻里

断墙着雨蜗成字[①]，老屋无僧燕作家。剩欲出门追语笑[②]，却嫌归鬓着尘沙[③]。风翻蛛网开三面，雷动蜂窠趁两衙[④]。屡失南邻春事约[⑤]，只今容有未开花[⑥]。

【注释】

①蜗成字：蜗牛爬过的痕迹，看似文字。②“剩欲”句：很

想出门与邻人追逐欢笑。③归鬓：指白发。李商隐《安定城楼》，“永忆江湖归白发”。④趁两衙：众蜂早晚两次排列成行，有如对蜂王之屏卫朝拜。趁：趋向。衙：排列成行之物。任渊注引《稗雅》：“蜂有两衙应潮（朝）”。⑤春事：指春天的农事或花事。⑥容：容或，或许。

曾几

曾几（1084～1166年），字吉甫，号茶山居士，祖籍赣州，徙居河南府（今河南洛阳）。宋代诗人。历任江西、浙西提刑、秘书少监、礼部侍郎。其诗多属抒情遣兴、唱酬题赠之作，娴雅清淡。有《茶山集》。

苏秀道中，自七月二十五日夜大雨三日，秋苗以苏，喜而有作[①]

一夕骄阳转作霖[②]，梦回凉冷润衣襟[③]。不愁屋漏床床湿，且喜溪流岸岸深[④]。千里稻花应秀色，五更桐叶最佳音[⑤]。无田似我犹欣舞，何况田间望岁心[⑥]！

【注释】

①苏秀：苏州（今属江苏）和秀州（今浙江嘉兴）。苏：复活。久旱逢甘霖，秋苗得以复苏，使行旅中的诗人为之欢欣鼓舞，替农民高兴。②霖：凡下三天以上的雨，叫霖。③梦回：从梦中醒来。④“不愁”二句：化用杜甫《茅屋为秋风所破歌》“床床屋漏无干处”和《春日江村》第一首“春流岸岸深”。⑤“五更”句：五更时雨打着梧桐叶，这是最好听的声音。⑥岁：年成，收成。

岳　飞

池州翠微亭

经年尘土满征衣[1]，特特寻芳上翠微[2]。
好水好山看不足，马蹄催趁月明归[3]。

【注释】

①经年：常年。③特特：特地，特意。寻芳：游赏美景。③马蹄催：在马蹄声的催促中。

陆 游

剑门道中遇微雨

衣上征尘杂酒痕[1]，远游无处不消魂[2]。
此身合是诗人未[3]？细雨骑驴入剑门。

【注释】

①征尘：远行途中身上沾染的尘土。②消魂：哀愁、怅惘。③未：同“否”，表示疑问。

游山西村

莫笑农家腊酒浑[1]，丰年留客足鸡豚[2]。山重水复疑无路，柳暗花明又一村。箫鼓追随春社近，衣冠简朴古风存。从今若许闲乘月，拄杖无时夜叩门。

【注释】

①腊酒：指农家在上年腊月里自酿的浊酒，多为过年时祭祖先、祭百神和自家饮用。②鸡豚：鸡与猪。豚，小猪。

胡无人

须如猬毛磔，面如紫石稜[①]。丈夫出门无万里，风云之会立可乘[②]。追奔露宿青海月，夺城夜踏黄河冰。铁衣度碛雨飒飒，战鼓上陇雷凭凭。三更穷虏送降款，天明积甲如丘陵。中华初识汗血马，东夷再贡霜毛鹰。群阴伏，太阳升，胡无人，宋中兴。丈夫报主有如此，笑人白首篷窗灯[③]。

【注释】

①猬毛磔（zhé）：张开如刺猬毛一般，形容威猛剽悍的形态。紫石稜：有棱角的紫石英。②会：会合。古人认为，云从龙，风从虎；龙得云而升天，虎遇风而出谷。风云之会，即指一种叱咤风云的非常际遇。③“笑人”句：指自己一生不得志，平庸无为，晚来白头窗下，为窗灯所笑。与上句形成鲜明的对比。

书　愤

早岁那知世事艰，中原北望气如山。楼船夜雪瓜洲渡[①]，铁马秋风大散关[②]。塞上长城空自许，镜中衰鬓已先斑[③]。出师一表真名世，千载谁堪伯仲间[④]？

【注释】

①“楼船”句：指南宋高宗绍兴三十一年（1161年）冬天，金主完颜亮欲自瓜洲渡江侵犯南宋，当时的将领虞允文等造楼船

战舰抵抗的事情。瓜洲：在江苏邗江南，与镇江相对，又称瓜埠洲。②“铁马”句：指高宗绍兴三十一年（1161年）秋天，吴璘部与金人激战于大散关，最终取胜，击败金兵收复大散关。大散关在陕西宝鸡南面的大散岭上，是渭河平原进入秦岭的要道，也称散关。③塞上长城：典出《南史·檀道济传》，南朝宋文帝欲杀名将檀道济，檀怒叱道：“乃坏汝万里长城！”④堪：可以，能够。伯仲：是古代长幼次序之称，伯为长，仲为次。后用以衡量人物等差。这句是说：千载以来没有人可以与写《出师表》的诸葛亮相比。

秋夜将晓，出篱门迎凉有感

其　二

三万里河东入海①，五千仞岳上摩天②。
遗民泪尽胡尘里③，南望王师又一年。

【注释】

①三万里河：指黄河。三万里，极喻其长，②五千仞岳：指西岳华山等。五千仞，极喻其高。仞，古代以八尺或七尺为一仞。③胡尘：胡人兵马扬起的沙尘，比喻入侵中原的北方少数民族士兵。

示 儿

死去元知万事空，但悲不见九州同[1]。
王师北定中原日，家祭无忘告乃翁。

【注释】

①但：只。九州同：古代中国分为九州，这里指国家统一。同：统一。

沈 园

其 一

城上斜阳画角哀[1]，沈园非复旧池台。
伤心桥下春波绿，曾是惊鸿照影来[2]。

【注释】

①画角：古代乐器。形如竹筒，以竹木、皮革或金属等制成，上饰彩绘，故名画角。②惊鸿：受惊的鸿雁，形容女子体态轻盈。语出曹植《洛神赋》，“翩若惊鸿，宛若游龙”，此借指唐琬。

范成大

范成大（1126～1193年），字致能，号石湖居士，苏州吴县（今属江苏）人。南宋著名诗人，与陆游、杨万里、尤袤并称“南宋四大诗人”。宋高宗绍兴二十四年（1154年）进士，历任处州知府、知静江府兼广南西道安抚使、四川制置使、参知政事等职。有《范石湖集》、《吴船录》、《桂海虞衡志》等。范成大的作品在当时即有显著影响，到清初则影响尤大，有“家剑南而户石湖”之说。其诗风格轻巧，但好用僻典、佛典。晚年所作《四时田园杂兴》（60首）是其代表作，钱锺书在《宋诗选注》中谓之“也算得中国古代田园诗的集大成”。

寒食郊行书事

其　二

陇麦欣欣绿，山桃寂寂红。帆边渔簄浪①，木末酒旗风②。信步随芳草，迷途问小童。赏心添脚力，呼渡过溪东③。

【注释】

①渔簄（jué）浪：指渔簄随水浮动。此用唐陆龟蒙《奉和袭美吴中书事寄汉南裴尚书》“三泖凉波鱼簄动”句意。簄，拦水捕鱼的器具。浪，动荡。②木末：树梢头。酒旗风：酒帘随风招展。此用唐杜牧《江南春绝句》“水村山郭酒旗风”句意，③渡：

这里指渡船。

四时田园杂兴

淳熙丙午①，沉疴少纾②，复至石湖归隐，野外即事，辄书一绝③，终岁得六十篇，号《四时田园杂兴》。

其二十五

梅子金黄杏子肥，麦花雪白菜花稀。日长篱落无人过，惟有蜻蜓蛱蝶飞④。

【注释】

①丙午：宋孝宗淳熙十三年（1186 年）。②沉疴（kē）少纾（shū）：重病稍减。③辄：就，往往。④蛱（jiá）蝶：蝴蝶的一类，身上有刺，翅有鲜艳的色斑。

其三十一

昼出耘田夜绩麻①，村庄儿女各当家②。童孙未解供耕织③，也傍桑阴学种瓜。

【注释】

①绩麻：搓麻线。②当家：行家、能手。③供：从事。

杨万里

杨万里（1127 ~ 1206 年），字廷秀，号诚斋，吉州吉水（今属江西）人。南宋杰出的诗人，与尤袤、范成大、陆游合称南宋“中兴四大诗人”。宋高宗绍兴二十四年（1154 年）进士。历官太常博士、太子侍读、秘书监等。诗风新巧风趣，多写自然景物，被称为“诚斋体”。

虞丞相挽词

其　一

负荷偏宜重①，经纶别有源②。雪山真将相③，赤壁再乾坤④。奄忽人千古，凄凉月一痕。世无生仲达，好手未须论⑤。

【注释】

①负荷：承担重大的责任，指虞允文富有才学。②“经纶”句：是说治国治军，谋略异常，似乎另有渊源。虞允文在采石（今安徽当涂境内）大败金兵以后，当时的大将刘锜曾对虞允文说：“朝廷养兵三十年，今日大功乃出儒者。”这里即是说虞为儒生而能领兵克敌，不仅有文才，亦有武略。经纶：整理丝缕，编丝成绳，引申为筹划、治理国事。③雪山：指祁连山，又名天山。东汉窦固率兵出酒泉至天山，破北匈奴呼衍王。④“赤壁”句：汉末诸葛亮、周瑜指挥的吴蜀联军在赤壁大败曹操，奠定了三国鼎立的局面。虞允文指挥宋军大败完颜亮，稳定了宋、金南北对峙的形势。这里指虞允文有再造

乾坤之功。赤壁，在今湖北蒲圻境内。⑤“世无”二句：当今世上连司马懿那样堪称对手的人都没有，还有谁称得上好手能够与虞丞相相比呢？仲达，指司马懿，他是诸葛亮的对手。这句和“赤壁”句一样，都以诸葛亮比虞允文。

小　池

泉眼无声惜细流，树阴照水爱晴柔[1]。

小荷才露尖尖角，早有蜻蜓立上头。

【注释】

①“树阴”句：树影投映在池水上，仿佛爱恋着那明净柔美的水面。

悯　农

稻云不雨不多黄[1]，荞麦空花早着霜。已分忍饥度残岁[2]，更堪岁里闰添长[3]。

【注释】

①稻云：形容稻子连成一片，一望如云。②分：料想，料定。残岁：一年的岁末。③更堪：又怎能承受得了。堪，“那堪”的省文。闰添长：因为闰月又增长了时日。

初入淮河四绝句

其　四

中原父老莫空谈，逢着王人诉不堪[①]。
却是归鸿不能语，一年一度到江南[②]。

【注释】

①中原父老：指中原沦陷区的百姓。王人：皇帝派遣的使者。②“却是”二句：鸿雁虽然不会说话，却能一年一度飞到江南。意谓中原父老比不上鸿雁。

晓出净慈寺送林子方

毕竟西湖六月中，风光不与四时同。
接天莲叶无穷碧，映日荷花别样红。

宿新市徐公店

其　一

篱落疏疏一径深[①]，树头新绿未成阴。
儿童急走追黄蝶，飞入菜花无处寻。

【注释】

①篱落：篱笆。

朱熹

朱熹（1130～1200年），字元晦，一字仲晦，号晦庵，晚号晦翁，别称紫阳。徽州婺源（今属江西）人，后迁徙到建阳（今属福建）考亭。南宋著名的理学家、思想家、哲学家、教育家、诗人。闽学派的代表人物，世称朱子，是孔子、孟子以来最杰出的弘扬儒学的大师。与李宽、韩愈、李士真、周敦颐、张栻、黄干同祀石鼓书院七贤祠，世称“石鼓七贤”。宋高宗绍兴十八年（1148年）进士，曾任秘阁修撰、焕章阁待制等职。卒谥“文”，世称朱文公。著述甚丰，有《四书章句集注》、《诗集传》、《周易本义》、《楚辞集注》等，后人编有《晦庵先生朱文公文集》、《朱子语类》等。

春日

胜日寻芳泗水滨[1]，无边光景一时新。

等闲识得东风面[2]，万紫千红总是春。

【注释】

①胜日：风光美好的日子。寻芳：游赏美景。泗水：在今山东境内，流经孔子的家乡曲阜之北。

②等闲：轻易地。

观书有感

其 一

半亩方塘一鉴开[①]，天光云影共徘徊。
问渠那得清如许？为有源头活水来。

【注释】

①一鉴开：像一面打开的镜子。

姜 夔

过垂虹

自作新词韵最娇[①]，小红低唱我吹箫[②]。
曲终过尽松陵路，回首烟波十四桥。

【注释】

①自作新词：指作者在石湖所作《暗香》、《疏影》两首词。娇：这里指音调谐婉柔美。②小红：歌伎。《砚北杂志》载："小红，顺阳公（即范成大）青衣也，有色艺。顺阳公之请老，姜尧章诣之。一日，授简征新声，尧章制《暗香》、《疏影》二曲，公使二伎习之，音节

清婉。公寻以小红赠之。其夕大雪，过垂虹，赠诗曰。”

林　升

林升，生卒年不详，字梦屏，温州平阳（今属浙江）人，是一位擅长诗文的士人。事见《东瓯诗存》卷四。《西湖游览志余》录其诗一首。据民国《平阳县志》、《西湖志》等地方文献记载，林升大约生活在南宋绍兴至淳熙之间。其主要作品有《题临安邸》、《长相思》、《洞仙歌》等。《题临安邸》所写为毫不引人注意之现象，却又触目惊心，实为惊人的讽刺。在宋代，这类小诗颇有流传。

题临安邸

山外青山楼外楼，西湖歌舞几时休？
暖风熏得游人醉，直把杭州作汴州[①]。

【注释】

①汴州：北宋都城，即今河南开封市。

翁　卷

翁卷，生卒年不详，字续古，又字灵舒，温州（治所在永嘉）乐清人。南宋诗人，“永嘉四灵”之一，其他三人为徐照（字灵晖）、徐玑（号灵渊）、赵师秀（号灵秀）。翁卷布衣终身。诗学晚唐，工近体，也长于五言古体。有《苇碧轩集》（又称《西岩集》）。

乡村四月

绿满山原白满川[1]，子规声里雨如烟[2]。
乡村四月闲人少，才了蚕桑又插田。

【注释】

①白：指水。川：河，溪流。②子规：即杜鹃。《本草·杜鹃》："春暮而鸣，至夏尤甚。田家候之，以兴农事"。雨如烟：形容细雨缥缈而下。

叶绍翁

叶绍翁，字嗣宗，号靖逸，建安蒲城（今属福建）人，本姓李，继嗣于处州龙泉（今属浙江）叶氏。约生于绍熙（1190 ~ 1194）年间。南宋中期诗人，擅作绝句，言近旨远。有《靖逸小集》、《四朝闻见录》。

游园不值

应怜屐齿印苍苔[1]，小扣柴扉久不开。
春色满园关不住，一枝红杏出墙来[2]。

【注释】

①"应怜"句：这是猜想

园主人爱惜绿苔，怕被踩上鞋印子。屐（jī）：木鞋，鞋底有前后二齿，便于泥地行走。②“春色”二句：脱胎于陆游《马上作》“杨柳不遮春色断，一枝红杏出墙头”和南宋另一诗人张良臣《偶题》“一段好春藏不尽，粉墙斜露杏花梢”的诗意。

文天祥

文天祥（1236～1283年），字履善，一字宋瑞，号文山，又号浮休道人，吉州庐陵（今江西吉安）人。南宋后期杰出的军事家、诗人和政治家。宋理宗宝祐四年（1256年）进士第一，官至右丞相。文天祥以忠烈名传后世，抗元被俘后，元世祖以高官厚禄劝降，他宁死不屈，从容赴义。生平事迹被后世称许，与陆秀夫、张世杰并称为“宋末三杰”。有《文山先生全集》、《文山乐府》。

过零丁洋

辛苦遭逢起一经[①]，干戈寥落四周星[②]。山河破碎风飘絮，身世浮沉雨打萍。惶恐滩头说惶恐，零丁洋里叹零丁。人生自古谁无死，留取丹心照汗青。

【注释】

①遭逢：遇合，指得到皇帝的知遇。起一经：精通一种经书，由科举走上仕途。②干戈寥落：连续不断地战争。寥落：多而连续不断的样子，指作者连续举行武装抗元的斗争。四周星：指四年。自德祐元年（1275年）正月，文天祥响应号召起

兵勤王，至祥兴元年（1278 年）十二月兵败被俘，恰为四年。

正气歌

余囚北庭[1]，坐一土室[2]。室广八尺，深可四寻[3]。单扉低小[4]，白间短窄[5]，污下而幽暗。当此夏日，诸气萃然[6]：雨潦四集[7]，浮动床几，时则为水气[8]；涂泥半朝[9]，蒸沤历澜[10]，时则为土气；乍晴暴热，风道四塞，时则为日气；檐阴薪爨[11]，助长炎虐，时则为火气；仓腐寄顿[12]，陈陈逼人[13]，时则为米气；骈肩杂遝[14]，腥臊污垢，时则为人气；或圊溷[15]、或毁尸、或腐鼠，恶气杂出，时则为秽气。叠是数气，当侵沴[16]，鲜不为厉[17]。而予以孱弱[18]，俯仰其间[19]，于兹二年矣，无恙，是殆有养致然[20]。然尔亦安知所养何哉[21]？孟子曰："我善养吾浩然之气[22]。"彼气有七，吾气有一，以一敌七，吾何患焉。况浩然者，乃天地之正气也。作《正气歌》一首。

天地有正气，杂然赋流形[23]：下则为河岳，上则为日星；于人曰"浩然"，沛乎塞苍冥[24]。皇路当清夷[25]，含和吐明庭[26]。时穷节乃见[27]，一一垂丹青[28]：在齐太史简，在晋董狐笔，在秦张良椎，在汉苏武节[29]；为严将军头，为嵇侍

中血，为张睢阳齿，为颜常山舌[30]；或为辽东帽，清操厉冰雪[31]；或为出师表，鬼神泣壮烈[32]；或为渡江楫，慷慨吞胡羯[33]；或为击贼笏，逆竖头破裂[34]。是气所磅礴[35]，凛烈万古存。当其贯日月，生死安足论[36]！地维赖以立，天柱赖以尊[37]。三纲实系命[38]，道义为之根[39]。

嗟予遘阳九[40]，隶也实不力[41]。楚囚缨其冠[42]，传车送穷北[43]。鼎镬甘如饴[44]，求之不可得[45]。阴房阒鬼火[46]，春院闷天黑[47]。牛骥同一皂[48]，鸡栖凤凰食[49]。一朝蒙雾露[50]，分作沟中瘠[51]。如此再寒暑[52]，百沴自辟易[53]。哀哉沮洳场[54]，为我安乐国。岂有他缪巧[55]，阴阳不能贼[56]！顾此耿耿在[57]，仰视浮云白[58]。悠悠我心悲，苍天曷有极[59]！

哲人日以远[60]，典型在夙昔[61]。风檐展书读[62]，古道照颜色[63]。

【注释】

①北庭：指元都燕京（今北京市）。②坐：居住。③寻：八尺为一寻。④单扉：独扇门。⑤白间：窗。⑥萃然：聚集在一起。然，在这里用法同“焉”。⑦雨潦（lǎo）：雨水。⑧时：是、此。⑨涂泥半朝：涂在墙上的泥土下半截已经潮湿。朝，通“潮”。⑩蒸：水汽上升。沤：浸泡。历澜：历久而剥离（指涂泥）。澜，散。⑪薪爨（cuàn）：烧柴做饭。⑫仓腐：仓库里陈腐的粮食。寄顿：存储。⑬陈陈逼人：陈年粮食的腐气逼人。

⑭骈肩：肩和肩相挨。杂遝(tà)：行人多，拥挤纷乱。⑮圊(qīng)溷(hùn)：厕所。⑯当侵沴(lì)：受到侵袭。⑰鲜：少。厉：疾病。⑱以孱弱：凭着虚弱的身体。⑲俯仰其间：生活于其中。⑳殆：大概。养：修养。致然：使得这样(不患疾病)。㉑然尔：然而。㉒"我善"句：《孟子·公孙丑上》："我善养吾浩然之气。其为气也，至大至刚，以直养而无害，则塞于天地之间。"浩然之气，即正大刚直之气。㉓"杂然"句：分别赋予宇宙间的各种事物。㉔沛乎：充沛地。塞苍冥：即"塞于天地之间"。苍冥：天空。㉕皇路：国运，国家的政治局面。清夷：清平，太平。㉖"含和"句：(浩然之气)就祥和地表露于圣明的朝廷，意即有正气的人立朝执政，发挥作用。㉗"时穷"句：当时运穷迫危难之际，就表现出人的气节。见：即"现"。㉘垂丹青：留传于史册。丹青：史书，古代丹册纪勋，青史纪事。㉙太史简：春秋时，齐国大夫崔杼弑齐庄公，一个太史写道："崔杼弑其君。"崔杼杀了这个太史，太史的两个弟弟接续他都这样写，也都被杀，另一个弟弟还是这样写，崔杼只好罢手。太史：史官。简：记事用的竹片。董狐笔：春秋时，赵穿弑晋灵公，当时晋国的大臣赵盾逃遁在外，他回来后并未惩处赵穿(赵穿是赵盾的族侄)，太史董狐认为责任在赵盾，就写下"赵盾弑其君。"张良椎(chuí)：秦始皇灭了张良的祖国韩，张良就寻觅力士报仇，力士执一百二十斤重的铁椎在博浪沙狙(jū)击秦始皇，误中副车。苏武节：汉武帝时，苏武奉命出使匈奴被扣留，匈奴威逼利诱苏武投降未遂，就把苏武置于北海牧羊，苏武卧起操持汉节。被拘十九年，全节而返。节：符节，苏武出使的凭证。㉚"为严"句：东汉末，刘璋命严颜守巴郡，张飞攻陷巴郡，要严颜投降。严说："我州但是断头将军，无降将军。""为嵇"句：嵇绍为晋侍中，皇

室内讧，嵇绍为保卫晋惠帝而被杀，血溅惠帝衣。有人要洗血衣，惠帝说："此嵇侍中血，勿洗。""为张"句：唐安史之乱时，安禄山攻睢阳，睢阳太守张巡海战，皆大呼誓师，眦裂血流，齿牙皆碎。"为颜"句：唐颜杲卿任常山太守，安禄山反，他起兵讨贼，后被俘，对安禄山骂不绝口，他的舌头被钩断，还是骂，直至牺牲。㉛"或为辽"二句：三国时，管宁避乱辽东，"常着皂帽，布襦裤"，终身不出仕。清操厉冰雪：激励冰雪般高洁的操守。㉜"或为出"二句：诸葛亮为蜀相，立志北定中原，出师北伐时，上《出师表》给后主刘禅，表达"鞠躬尽瘁，死而后已"的决心。鬼神泣壮烈：其豪壮忠烈，惊天地泣鬼神。㉝"或为渡"二句：东晋奋威将军、豫州刺史祖逖率军北伐，渡长江时，至中流击楫发誓说："不能清中原而复济者，有如大江"。渡江以后，收复了黄河以南的失地。楫：船桨。胡羯：占据北中国的少数民族"五胡"之一的羯族，这里指后赵的统治者石勒（羯人）。㉞"或为击"二句：唐德宗时，朱泚谋反，看重段秀实的声望，想引为同谋。朱泚说到反谋时，段秀实勃然而起，夺了朱泚的笏板，唾其面，大骂，击伤其头部。段秀实被害。笏：大臣上朝所持的手板，记事用。逆竖：指朱泚。竖：小子，是蔑称。㉟磅礴：充溢，充满。㊱"当其"二句：当这股正气激昂起来直冲日月的时候，哪里还把生和死放在心上！安足论：哪里值得论量。㊲"地维"二句：地的四角依赖正气而稳立，顶天的柱子依赖正气而高竖，意谓天和地都依靠正气支撑着。地维：维系大地的大绳子。古人认为天有柱支撑，地有绳系缀。又认为天圆地方，故亦以地维指大地的四角。《神异经》："昆仑之山，有铜柱焉，其高入天，谓之天柱也。"尊：高。㊳三纲：封建社会的伦理观，认为君臣、父子、夫妻三者的关系是：君为臣纲，父为子纲，夫为妻纲。系命：系命于正气。㊴“道义”句：说道义是正气的根本，《孟子·公孙丑上》：“其为气也，配义与道，无是馁也。”为之根：为它的根。㊵“嗟予”句：可叹我遭遇了厄运。遘（gòu）：遇到。阳九：道家认为，天厄为阳九，地亏为百六，都是灾难的年头。㊶隶：仆役，贱臣。语出《晋书·石苞传》“隶也，何卿相乎？”㊷“楚囚”句：意指自己为敌人所俘。春秋时，楚国钟仪被郑国俘虏，送到晋国，晋君看见他，问“南冠而絷者谁也？”别人回答“郑人所献楚囚也”。这里以楚囚自指。缨：帽带。缨其冠，即“南冠而絷”的意思。㊸传（zhuàn）车：驿站所备的车马。穷北：极远的北方，此指燕京。㊹鼎镬（huò）：都是锅的种类，古代有烹人的酷刑，使用鼎、镬。饴：糖稀。㊺“求之”句：元统治集团极力想使文天祥投降，所以囚禁其数年而不杀。㊻“阴房”句：阴暗的囚室寂无人声，鬼火闪烁。阒（qù）：寂静。杜甫《玉华宫》：“阴房鬼火青。”㊼“春院”句：即使在春光明媚的时候，院门也关得紧紧的，一片漆黑。閟（bì）：闭门。杜甫《大云寺赞公房》：“天黑閟春院。”㊽皂：马槽。㊾“鸡栖”句：凤凰食于鸡舍，与鸡同居处。鸡栖：鸡窝。㊿蒙雾露：受到雾露侵袭。(51)“分（fèn）作”句：料定必成为沟壑中的枯骨，意谓病死后被弃尸于沟壑中。分：料想。(52)再寒暑：两经寒暑，指在囚室中度过了两年。(53)百沴：百害。辟易：退走，退避。(54)沮（jù）洳（rù）场：低下潮湿的地方。(55)缪巧：诈术，巧计。(56)阴阳：寒热。贼：害。(57)顾：不过，只是。(58)“仰视”句：《论语·述而》：“子曰：不义而富且贵，于我如浮云。”此用其意，表示自己视富贵如浮云。(59)“悠悠”二句：我的心悲痛忧伤，苍天啊，哪里有尽头！意谓自己有无穷的忧伤。悠悠：形容忧思。曷：何。《诗经·鸨羽》：“悠悠苍天，曷其有极。”(60)哲人：明哲卓越的人，指上文所说的那些先贤。⑥1夙昔：往昔，从前。⑥2风檐：风吹着的屋檐下。⑥3古道：古代的传统美德。照颜色：在我面前照耀着。

郑思肖

郑思肖（1241～1318年），字忆翁，号所南，自称三外野人，福州连江（今属福建）人。曾以太学上舍生应博学鸿词试。论诗主张“灵气”说，认为诗是天地、人心灵气的集中表现。他的诗多以怀念故国为主题，表现了忠于宋的坚贞气节，著有《所南翁一百二十图诗集》、《郑所南先生文集》等，存世画有《国香图卷》。

寒 菊

花开不并百花丛①，独立疏篱趣未穷。
宁可枝头抱香死，何曾吹落北风中②？

【注释】

①不并百花丛：不和百花杂在一起开。②“宁可”二句：指菊花不落，而枯死枝头，作者借此明志。

同儿辈赋未开海棠

其　二

枝间新绿一重重，小蕾深藏数点红。
爱惜芳心莫轻吐，且教桃李闹春风。

耶律楚材

耶律楚材（1190 ~ 1244 年），字晋卿，号玉泉老人，法号湛然居士。出身于契丹贵族家庭，生长于燕京（今北京），世居金中都（今北京）。是辽太祖耶律阿保机的九世孙，官至中书令。他工诗，其诗常信手拈来，风格清纯自然、玲珑透彻。有《湛然居士集》、《皇极经世义》等。耶律楚材多才多艺，不仅是一位杰出的政治家，而且是一个在文化艺术方面有卓越修养和多种贡献的人。他是我国提出经度概念的第一人，编有《西征庚午元历》，还主持修订了《大明历》。

庚辰西域清明

清明时节过边城[1]，远客临风几许情。野鸟间关难解语[2]，山花烂熳不知名。葡萄酒熟愁肠乱，玛瑙杯寒

醉眼明。遥想故园今好在，梨花深院鹧鸪声[3]。

【注释】

①边城：边远的城市。②间关：形容鸟鸣声。这句话的意思是，鸟儿叽叽喳喳叫个不停，却不知它们说些什么。③“遥想”两句：是想象家园此时的景物。鹧鸪声，暗示家里人盼望他回家，以表达自己对家乡的思念之情。

王 冕

王冕（1287 ~ 1359 年），字元章，别号煮石山农、饭牛翁、梅花屋主等，诸暨（今属浙江）人。元代著名画家、诗人、书法家，尤以画“没骨梅”著名。诗风质朴、自然，诗作内容丰富多彩，多写隐逸生活。有《竹斋集》。

劲草行

中原地古多劲草，节如箭竹花如稻。白露洒叶珠离离，十月霜风吹不倒。萋萋不到王孙门[1]，青青不盖谗佞坟。游根直下土百尺，枯荣暗抱忠臣魂。我问忠臣为何死，元是汉家不降士。白骨沉埋战血深，翠光潋滟腥风起[2]。山南雨晴蝴蝶飞，山北雨冷麒麟悲[3]。寸心摇摇为谁道[4]，道旁可许愁人知？昨夜东风鸣羯鼓，髑髅起作摇头舞。寸田尺宅且勿论，金马铜驼泪如雨[5]！

【注释】

①萋萋：草茂盛的样子。王孙：贵族子弟。②翠光：指鬼火。潋滟：光闪耀的样子。③麒麟：墓前的石麒麟。杜甫《曲江》："苑边高冢卧麒麟。"④寸心摇摇：心中忧虑，心神不定。⑤金马铜驼：汉未央宫前有金马。此处意思是指南宋灭亡后令人悲伤的凄惨境况。

墨 梅

我家洗砚池头树[①]，朵朵花开淡墨痕。
不要人夸好颜色，只留清气满乾坤[②]。

【注释】

①我家：既是自指，又泛指王姓的人。洗砚池：洗笔砚的池塘。晋代书法家王羲之有"临池学书，池水尽黑"的传说。作者与王羲之同姓，所以说"我家"。池头：池边。②"只留"句：只愿留下清香之气充溢在天地之间。乾坤：指天地。

倪 瓒

倪瓒（1301 ~ 1374 年），字元镇，号云林，别号荆蛮民、净名居士、朱阳馆主、萧闲仙卿、幻霞子、幻霞生等，无锡（今江苏无锡）人。元末著名山水画家、诗人。其画淡远简古，其诗自然清隽。有《清閟阁集》等。

题郑所南兰

秋风兰蕙化为茅，南国凄凉气已消[1]。
只有所南心不改，泪泉和墨写《离骚》。

【注释】

①“秋风”二句：是说秋风一起，使香草化为茅草，江南一片凄凉，生机消尽。化用屈原《离骚》“兰芷变而不芳兮，荃蕙化而为茅”的诗意。蕙：香草名。茅：野草。南国：指南宋。

于 谦

于谦（1398～1457年），字廷益，钱塘（今浙江杭州）人。明代名臣，民族英雄。与岳飞、张煌言并称“西湖三杰”。永乐十九年（1421年）进士。官至兵部尚书。万历年间谥“忠肃”。一生功业在政治军务，诗文多反映现实和时事，或个人的人格精神。有《于忠肃集》。

石灰吟

千锤万击出深山，烈火焚烧若等闲[1]。
粉身碎骨浑不怕，要留清白在人间[2]。

【注释】

①若：如同。等闲：平常。②清白：以石灰的清白比喻人的品质清白纯洁。

唐 寅

唐寅（1470～1523年），字伯虎，又字子畏，号六如居士、桃花庵主等，吴县（今属江苏）人。明朝著名画家、诗人。与祝枝山、文徵明、徐祯卿并称“江南四才子”，与沈周、文徵明、仇英并称“吴门四家”。弘治十一年（1498年）中解元（举人第一名）。弘治十二年参加进士考试时因科场舞弊案牵连下狱，出狱后无意功名，放浪形骸，自称“江南第一才子”。其诗华丽畅达，语浅意隽，其画笔墨细秀，布局疏朗，风格秀逸清俊。诗文有《六如居士集》，代表画作有《骑驴思归图》、《山路松声图》、《事茗图》、《王蜀宫妓图》、《秋风纨扇图》等。

言 志

不炼金丹不坐禅[1]，不为商贾不耕田。
闲来写就青山卖[2]，不使人间造孽钱[3]。

【注释】

①金丹：古代方士用黄金、丹砂（即辰砂）等炼成的药物。坐禅：指佛教徒静坐潜修领悟教义。②写就青山：绘画。③使：用。造孽钱：做坏事得来的钱。造孽：佛家语，这里指贪赃盘剥，巧取豪夺等。

俞大猷

俞大猷（1504～1580年），字志辅，又字逊尧，别号虚江，晋江（今福建泉州）人。明代著名民族英雄、抗倭名将、儒将、诗人、兵器发明家。武进士出身，历任参将、总兵等职，累官都督。倭寇侵扰我东南沿海时，他受命抵御，有精良水师，号称“俞家军”。转战江浙闽粤，连败倭寇，战功卓著，与戚继光同为抗倭名将，并称“俞龙戚虎”。《明史·俞大猷传》曰：“大猷负奇志”，“忠诚许国，老而弥笃”。有《正气堂集》。

舟　师①

倚剑东冥势独雄②，扶桑今在指挥中③。岛头云雾须臾尽④，天外旌旗上下翀⑤。队火光摇河汉影⑥，歌声气压虬龙宫⑦。夕阳景里归篷近⑧，背水陈奇战士功⑨。

【注释】

①舟师：水军。②倚：配。江淹《杂体诗》：“倚剑临八荒。”李周翰注：“倚，佩也。”东冥：东海。冥，通“溟”。③扶桑：东方古国名，后为日本国代称。指挥：安排。④须臾：片刻，一会儿。⑤“天外”句：可以看见海天之外的战船上，旗帜上下翻飞。翀（chōng）：向上直飞。⑥队火：舰队所发射的炮火。河汉：银河。⑦虬（qiú）龙：传说中的一种无角的龙。王逸：“有角曰龙，无角曰虬。”虬龙宫：喻倭寇巢穴。⑧景：通“影”。归篷：归帆。⑨背水陈：即背水阵，背水列阵，决死制敌。

夏完淳

夏完淳（1631 ~ 1647 年），原名复，字存古，号小隐、灵首（一作灵胥），乳名端哥，明松江府华亭县（现上海市松江）人。明末抗清志士，少年诗人。清兵南下时，追随其父夏允彝、老师陈子龙投入抗清的武装斗争。顺治四年（1647 年）七月被捕，赋绝命诗，遗母与妻。九月被害于南京，临刑神色不变。年仅十七岁。他的诗语言华美而笔力雄健，许多篇章富于浪漫色彩。有《夏完淳集》。

长　歌①

我欲登天云盘盘②，我欲御风无羽翰③，我欲陟山泥洹洹④，我欲涉江忧天寒。琼弁玉蕤佩珊珊⑤，蕙桡桂櫂凌回澜⑥，泽中何有多红兰⑦，天风日暮徒盘桓。芳草盈箧怀所欢，美人何在青云端。衣玄绡衣冠玉冠⑧，明珰垂绀乘六鸾。欲往从之道路难，相思双泪流轻纨。佳肴旨酒不能餐⑨，瑶琴一曲风中弹。风急弦绝摧心肝，月明星稀斗阑干⑩。

【注释】

①长歌：放声高歌。这首诗采用屈原《离骚》芳草美人的比兴手法，和上天下地不懈探索的浪漫精神，反映自己对崇高理想的追求。②盘盘：反复盘旋的样子，形容迂回曲折。③羽翰(hàn)：羽毛，翅膀。④陟(zhì)：登，升。洹洹(huán)：盛，多。

泥洹洹：形容道路泥泞不堪。⑤琼弁（biàn）玉蕤（ruí）：美玉装饰的皮弁（皮帽）和弁缨（颈下系帽的带子）。佩：玉佩，衣带上的玉饰。珊珊：玉佩碰撞发出的声音。⑥蕙桡（ráo）桂櫂（zhào）：桡、櫂，皆为划船的工具，在这里指代船。蕙、桂，形容其华美，也是情怀高雅的体现。凌回澜：破浪而行。⑦红兰：即兰草，生长在水边湿地，开红色或白色花。⑧衣玄绡衣冠玉冠：前一个“衣”和前一个“冠”，与后边的词性不同，前为动词，后为名词。衣，穿。冠，戴。⑨旨酒：美酒。⑩斗：北斗七星。阑干：横斜的样子。

别云间①

三年羁旅客②，今日又南冠③。无限河山泪，谁言天地宽。已知泉路近④，欲别故乡难。毅魄归来日，灵旗空际看⑤。

【注释】

①云间：今上海松江的古称，诗人的家乡，清顺治四年（1647年）七月被捕于此。②“三年”句：指作者从事抗清斗争的三年（1645～1647年）。羁旅：漂泊他乡。③南冠：春秋时楚人之冠，借指被囚的人。《左传》载：成公九年，晋景公见钟仪而

问曰："南冠而絷者，谁也？"有司回答说："郑人所献楚囚也。"后以楚囚、南冠指被俘虏或处于困境的人。④泉路：黄泉路，即死亡。⑤"毅魄"二句：作者希望自己魂归乡之日，又能重新看见在天空飘扬的反清复明的战旗，借此表达诗人壮志未酬但矢志不渝的精神。毅魄：威武不屈的灵魂。屈原《国殇》，"魂魄毅兮为鬼雄"。灵旗：战旗，古代出征前予以祭祀，求其灵佑。

吴伟业

吴伟业（1609～1672年），字骏公，号梅村，别署鹿樵生、灌隐主人、大云道人，江南太仓（今属江苏）人。与钱谦益、龚鼎孳并称"江左三大家"，又为娄东诗派开创者。以张溥为师，是复社成员。明崇祯四年（1631年）进士，官左庶子。南明弘光朝时任少詹事。入清后曾任秘书院侍讲、国子祭酒，不久辞官归里。其诗多为哀时伤事的题材，富有时代感。诗的风格，早期绮丽，明亡后多苍凉、哀婉之作。有《梅村家藏稿》等。

梅　村[1]

枳篱茅舍掩苍苔[2]，乞竹分花手自栽[3]。不好诣人贪客过[4]，惯迟作答爱书来[5]。闲窗听雨摊诗卷，独树看云上啸台[6]。桑落酒香卢橘美[7]，钓船斜系草堂开。

【注释】

①梅村：诗人的别墅，在太仓县东。②枳（zhǐ）篱：枳，俗名臭桔，是落叶多刺灌木。密植臭桔结成的篱笆被称为枳篱。掩：遮蔽。苍苔：绿色的苔藓。③乞：物色。分：移开。④诣：到尊长那里去。诣人：指拜访朋友。贪客过：喜欢招客人来，表现诗人热情好客。⑤作答：回信。书：书信。⑥啸台：晋代阮籍善作啸声，常登台长啸。⑦桑落酒：古代美酒名。相传为北魏刘堕所创，因该酒多于“十月桑落初冻”时酿制，故名。这里泛指美酒。卢橘：枇杷。

圆圆曲[1]

鼎湖当日弃人间[2]，破敌收京下玉关[3]。恸哭六军俱缟素[4]，冲冠一怒为红颜[5]。红颜流落非吾恋[6]，逆贼天亡自荒宴[7]。电扫黄巾定黑山[8]，哭罢君亲再相见[9]。相见初经田窦家[10]，侯门歌舞出如花[11]。许将戚里空侯伎[12]，等取将军油壁车[13]。家本姑苏浣花里[14]，圆圆小字娇罗绮。梦向夫差苑里游[15]，宫娥拥入君王起。前身合是采莲人[16]，门前一片横塘水[17]。横塘双桨去如飞，何处豪家强载归[18]。此际岂知非薄命，此时只有泪沾衣[19]。熏天意气连宫掖[20]，明眸皓齿无人惜[21]。夺归永巷闭良家[22]，教就新声倾座客。座客飞觞红日暮，一曲哀弦向谁诉？白皙通侯最少年[23]，拣取花枝屡回顾。早携娇鸟出樊笼[24]，待得银河几时渡[25]？恨杀军书抵死催[26]，苦留后约将人误。相约恩深相见难，一朝蚁贼满长安[27]。可怜思妇楼头柳[28]，认作天边粉絮看[29]。遍索绿珠围内第，强呼绛树出雕栏[30]。若非壮士全师胜[31]，争得蛾眉匹马还[32]。蛾眉马上传呼进，云鬟不整惊魂定。蜡炬迎来在战场，啼妆满面残红印[33]。专征箫鼓向秦川[34]，金牛道上车千乘[35]。斜谷云深起画楼[36]，散关月落开妆镜[37]。传来消息满江乡[38]，乌桕红经十度霜[39]。教曲伎师怜尚在[40]，浣纱女伴忆同行[41]。旧巢共是衔泥燕[42]，飞上枝头变凤凰。长向尊前悲老大[43]，有人夫婿擅侯王[44]。当时只受声名累[45]，贵戚名豪竞延致[46]。一斛珠连万斛愁[47]，关山漂泊腰支细[48]。错怨狂风飏落花，无边春色来天地[49]。尝闻倾国与倾城[50]，翻使周郎受重名[51]。妻子岂应关大计，英雄无奈是多情。全家白骨成灰土[52]，一代红妆照汗

青[53]。君不见，馆娃初起鸳鸯宿[54]，越女如花看不足[55]。香径尘生鸟自啼[56]，屧廊人去苔空绿[57]。换羽移宫万里愁[58]，珠歌翠舞古梁州[59]。为君别唱吴宫曲[60]，汉水东南日夜流[61]。

【注释】

①这首长诗约作于顺治八年（1651年），是吴伟业的代表作。圆圆：陈圆圆，本姓邢，名沅，字畹芬，小字圆圆。明末苏州名妓，后为吴三桂宠妾。②鼎湖弃人间：这里喻指崇祯帝自缢于煤山。鼎湖：据《史记·封禅书》载，黄帝采首山铜，铸鼎于荆山下，鼎既成，乘龙上天，后世因称此处为鼎湖。③“破敌”句：是说吴三桂降清后，引清兵入关，打败李自成，攻破北京。玉关：玉门关，古为疆界关隘，在本诗中借指山海关。④“恸哭”句：明朝军队为崇祯帝服丧。六军：指明朝官军。缟素：白色的丧服。⑤红颜：喻美女，这里指陈圆圆。意为吴三桂因为爱妾陈圆圆的被俘而怒发冲冠，率兵降清。⑥“非吾恋”句：这是诗人用吴三桂的口吻说起兵的动机不是为了陈圆圆，显然是为自己开脱。⑦逆贼：对李自成农民起义军的诬称。荒宴：荒于酒色。此句系吴三桂起兵助清的借口。⑧电扫：喻进击神速。黄巾：指东汉末年张角领导的黄巾军。黑山：东汉末年张燕领导的起义军，号黑山。黄巾、黑山，这里均用以代指李自成起义军。⑨君亲：指崇祯帝和吴三桂之父吴骧（吴骧因招降吴三桂不成，为李自成所杀）。⑩田窦：西汉外戚田蚡（fén）和窦婴，这里借指田贵妃父田畹。这句是说：吴三桂是在田畹家中见到陈圆圆的。⑪侯门歌舞：指田畹家的歌伎舞伎。出如花：陈圆圆色艺出众，吴三桂

很快就看中了她。⑫戚里：帝王外戚聚居的地方，在本诗中指田畹家。空侯伎：弹箜篌的乐伎，指陈圆圆。⑬将军：指吴三桂。油壁车：古时较为华贵的车子，用油漆涂饰车壁。⑭姑苏：即苏州。浣花里：成都西有浣花溪，为唐代蜀中名伎薛涛所居，以其居所代指陈圆圆出生地奔牛里。⑮夫差苑：即姑苏台。春秋时吴王夫差筑姑苏台以居西施。这句写陈圆圆以西施自比，自信美貌过人，向往荣华富贵。⑯采莲人：指西施。⑰横塘：在苏州市西南。⑱豪家：在本诗中指外戚田畹。⑲“此际”二句：是说陈圆圆被迫进京，并非自愿，内心痛苦。⑳熏天：形容气势之盛。宫掖（yè）：宫中旁舍，嫔妃所居。㉑明眸皓齿：形容陈圆圆的美貌。无人惜：指陈圆圆被送进宫中，崇祯不纳。㉒永巷：皇宫中妃嫔居住的地方。这句是说：陈圆圆进宫不得纳，后成为贵戚的家伎。㉓通侯：汉代列侯中最高一等，这里指吴三桂。㉔娇鸟：指陈圆圆。㉕“待得”句：借牛郎织女七夕一会的传说，喻吴三桂不能与陈圆圆久聚即匆匆出京。㉖抵死催：犹言“拼命催”。㉗蚁贼：对李自成义军的蔑称。长安：古时常以长安喻京都，这里借指北京。㉘这句化用王昌龄《闺怨》诗意，表达陈圆圆对吴三桂的无限思念。㉙粉絮：杨花，旧时喻妓女。㉚“遍索”二句：是写农民起义军百番搜索，终于搜到陈圆圆。绿珠：晋代石崇的爱妾，代指陈圆圆。内第：内宅。绛树：魏文帝时歌女，代指陈圆圆。㉛壮士：指吴三桂。㉜争得：怎么能。蛾眉：喻美女，指陈圆圆。㉝“蛾眉”四句：写陈圆圆在战场被接回时的情景。传呼：喝道。残红印：泪湿脂粉，留下残红印痕。㉞“专征”句：写吴三桂携陈圆圆出镇云南时路过陕西关中地区。专征：古代诸侯经天子特许可以自行征伐。秦川：今陕西关中地区。㉟金牛道：汉中入蜀的古栈道。㊱斜谷：在今陕西眉县西南。这句写陈圆圆所至，吴三桂为她造楼安置。㊲散关：大散关，在今陕西宝鸡西南大散岭上。㊳消息：指陈圆圆为吴三桂宠爱的事。江乡：指苏州。㊴乌桕（jiù）：树名，夏日开花，秋叶变红。这句是说陈圆圆离别家乡十年了。㊵怜尚在：为陈圆圆还活着而高兴。㊶浣纱女伴：指陈圆圆的闺中密友。㊷衔泥燕：喻地位低微者。㊸“长向”句：写旧时女伴对自己命运的自叹。尊：同“樽”，酒杯。㊹“有人”句：写女伴对陈圆圆服侍王侯的艳羡。擅：据有。㊺声名：指陈圆圆早年色艺俱佳，曾为名妓。㊻竞延致：争相邀请。㊼一斛（hú）珠：相传唐玄宗曾命以一斛珍珠密赐梅妃。这里指陈圆圆身价之高。万斛愁：极言愁烦之多。㊽腰支细：因到处漂泊而腰肢瘦损。㊾“错怨”二句：是说曾经哀怨命运多变，如同随风飘荡的落花，后又意外地得到了荣华富贵。㊿倾国、倾城：形容女子容貌绝美，这里指陈圆圆。51周郎：三国东吴名将周瑜，这里指吴三桂。受重名：指吴三桂因陈圆圆而扬名于世。52“全家”句：史载，李自成与吴三桂战于一片石，兵败，怒杀吴骧。53一代红妆：指陈圆圆。照汗青：名留史册。54馆娃：宫名，吴王夫差为西施而建。55越女：指西施。56香径：即采香径，据说是吴王种花处。57屧（xiè）廊：又名响屧廊，春秋时吴王宫的廊名。用梓板铺地，行走则有清脆声响。58换羽移宫：指演奏时变换曲调，暗喻人事变迁，朝代更迭。羽、宫为古代五音中的两个音级。59珠歌翠舞：指吴三桂沉浸于声色之中。古梁州：汉中南郑古称梁州。60吴宫曲：咏叹吴宫兴衰的歌曲。61这句化用李白《江上吟》“功名富贵若长在，汉水亦应西北流”诗意，暗示吴三桂的荣华富贵难以久长。

黄宗羲

黄宗羲（1610 ~ 1695 年），字太冲，号南雷，又号黎洲，浙江余姚人。明末清初经学家、史学家、思想家、地理学家、天文历算学家、教育家。学问极博，思想深邃，著作宏富。与顾炎武、王夫之并称明末清初三大思想家，与弟黄宗炎、黄宗会号称“浙东三黄”，与顾炎武、方以智、王夫之、朱舜水并称为“清初五大师”，亦有“中国思想启蒙之父”之誉。明末拥立鲁王朱以海抗清，明亡不仕。诗重朴实，不事雕琢。有《黄黎洲集》。

吊张苍水①

少年苦节何人似②？得此全归亦称情③。废寺醵钱收弃骨④，老生秃笔记琴声⑤。遥空摩影狂相得⑥，群水穿礁洗未平⑦。两世雪交私不得⑧，只随众口一闲评。

【注释】

①张苍水：张煌言（1620 ~ 1664 年），字玄著，号苍水，浙江人。明崇祯举人。有《张苍水集》传世。②苦节：坚守气节。③全归：全节归天，指为国殉难。称（chèn）情：与心志相合。④醵（jù）钱：凑钱。收弃骨：指料理后事。⑤记琴声：指黄宗羲为张苍水作墓志铭一事。这里用了嵇康的典故：嵇康被司马昭杀害，临刑前嵇康要求弹《广陵散》。黄宗羲用“记琴声”作喻。⑥遥空：向着长空。摩影：想象张苍水的身影。狂相得：都有狂放的性格，彼此相合。⑦群水穿礁：抗清的意志坚定，就像怒涛

一样可以穿透礁石。⑧两世：两代人。雪交：交情像雪一样纯洁。私不得：不从私情出发。

李渔

李渔（1611 ~ 1680 年），初名仙侣，后改名渔，字谪凡，号笠翁。浙江兰溪人。明末清初文学家、戏曲家。十八岁补博士弟子员，在明代中过秀才，入清后无意仕途，从事著述和指导戏剧演出。后居于南京，把居所命名为“芥子园”，并开设书铺，编刻图籍，广交达官贵人、文坛名流。其诗浅显通俗，有《传奇十种》、《笠翁一家言》等。

清明前一日①

正当离乱世②，莫说艳阳天。地冷易寒食③，烽多难禁烟④。战场花是血，驿路柳为鞭⑤。荒垅关山隔⑥，凭谁寄纸钱⑦？

【注释】

①这首诗写 1644 年清兵南下时的战乱生涯，充满悲凉之绪。②离乱：战乱。③寒食：清明前一日是寒食节，从这一天起，三天不生火做饭，称为“禁火”，所以叫作寒食。④“烽多”句：遍地烽火，狼烟四起，要禁火是很难的了。⑤“战场”句：极言战争惨烈，军情紧急。⑥荒垅：无人祭扫的坟墓。关山隔：隔着关隘和山岭，形容边塞之地，路途遥远，交通阻隔。⑦凭：依靠。

顾炎武

顾炎武（1613 ~ 1682 年），原名绛，字忠清，江苏昆山亭林镇人。后改名炎武，字宁人，学者称为亭林先生。明末清初著名的思想家、史学家、语言学家，是清代古韵学的开山始祖。曾参加抗清斗争，后来致力于学术研究。晚年侧重经学的考证，考订古音。其诗作格调苍凉激昂，多反映明清之际的现实斗争。有《日知录》、《音学五书》、《亭林诗文集》等。

秋山①（二首）

秋山复秋山，秋雨连山殷②。昨日战江口③，今日战山边。已闻右甄溃，复见左拒残④。旌旗埋地中⑤，梯冲舞城端⑥。一朝长平败⑦，伏尸遍冈峦。北去三百舸⑧，舸舸好红颜⑨。吴口拥橐驼⑩，鸣笳入燕关⑪。昔时鄢郢人，犹在城南间⑫。

秋山复秋水，秋花红未已。烈风吹山冈，磷火来城市⑬。天狗下巫门⑭，白虹属军垒⑮。可怜壮哉县⑯，一旦生荆杞⑰。归元贤大夫，断脰良家子⑱。楚人固焚麇，庶几歆旧祀⑲。勾践栖山中，国人能致死⑳。叹息思古人，存亡自今始㉑。

【注释】

①这两首诗写于 1645 年秋，表现了人们败而不屈的精神和

抗清复国的决心。②殷(yān)：红，指血染群山。③江口：长江口。④右甄(zhēn)：右翼。左拒：左翼。这二句是说义军两翼皆溃败。⑤"旌旗"句：把旌旗埋在地下，不让敌军得到。⑥梯冲：云梯和冲车，都是敌军的攻城器械。⑦长平：战国时代赵国地名，故城在今山西高平西北。秦将白起在此大败赵国军队，坑卒四十万人。⑧舸(gě)：大船。⑨好：美，漂亮。红颜：年轻女子。这两句写清兵掳掠大量美女北去。⑩吴口：吴地的人。橐(tuó)驼：骆驼。⑪鸣：吹奏。胡笳(jiā)：古代北方的一种管乐。燕关：山海关。关外是满族人的发祥地。⑫"昔时"二句：据《战国策·齐六》记载，不愿投降秦国的几百位楚国大夫聚集城南。鄢(yān)郢(yǐng)：楚国的都城。此处用此典故来说明清兵占领地区的人不愿意接受统治。⑬磷火：鬼火。⑭天狗：一种陨星，传说落地后状如狗头，天狗落在哪里，哪里就有灾祸。巫门：苏州城门名，指代苏州。⑮白虹：白色的日晕。古人认为，白虹出现是非常事件的先兆。属(zhǔ)：连接。军垒：军营周围的防守工事。⑯壮哉县：富庶的县份。⑰荆杞：荆棘和枸杞，都是野生的带刺儿灌木，常用来形容荒凉、萧条。⑱归元：把头送回来。据《左传》记载，春秋时晋与狄打仗，先轸(zhěn)被狄人杀死，狄人把先轸的头送回晋国。断脰(dòu)：断头。这两句歌颂的是为了气节而牺牲的精神。⑲麇(jūn)：春秋时楚国地名，原址在今湖南岳阳东南。歆(xīn)：享受。据《左传》记载，麇地被吴国占领，楚人用火攻吴国军队，从前战死在麇地的楚国人可以享受祭祀。⑳据《国语》记载：春秋时越王勾践被吴国打败，退守在会稽山上，卧薪尝胆，奋发图强，最后消灭了吴国。㉑存亡：复国。

王士祯

王士祯（1634 ~ 1711 年），字子真、贻上，号阮亭，又号渔洋山人，人称王渔洋，谥“文简”。新城（今山东桓台）人。清初杰出诗人，与朱彝尊并称。顺治进士，官至刑部尚书。博学好古，能鉴别书、画、鼎彝之属，精金石篆刻等。他以神情韵味为诗的最高境界，创神韵一派，成为一代诗坛盟主。诗风自然清新，委婉蕴藉，意味悠长。有《带经堂集》等。

秦淮杂诗①

其　一

年来肠断秣陵舟②，梦绕秦淮水上楼。
十日雨丝风片里③，浓烟春景似残秋。

【注释】

①《秦淮杂诗》：以秦淮河为背景，抚今追昔，传诵一时。这是第一首，描写初春秦淮河冷落情景，抒发盛衰兴亡之慨。秦淮：秦淮河，流经南京城中，古时两岸遍布着歌楼酒肆，为著名游览胜地。②秣（mò）陵：指南京。顺治十八年（1661 年），诗人以扬州推官至南京，居秦淮河侧。③雨丝风片：细雨微风。

真州绝句[1]

其　二

晓上江楼最上层，去帆婀娜意难胜[2]。
白沙亭下潮千尺[3]，直送离心到秣陵[4]。

【注释】

①这是诗人由扬州任所到真州时写的一组诗，约作于康熙壬寅年（1662年）。诗人登楼远眺，目送帆船远影，心中顿生离情别绪，便写下这首诗。真州：今江苏仪征市，位于长江北岸，是通向南京的要道，城南沿江一带风景幽美。②去帆：远去的帆船。婀娜：形容帆船轻盈飘荡的样子。意：离别的愁苦。胜：经受，承受。③白沙亭：旧时在真州白沙洲上。④离心：离情。秣陵：指南京。

其　四[1]

江干都是钓人居[2]，柳陌菱塘一带疏[3]。
好是日斜风定后[4]，半江红树卖鲈鱼[5]。

【注释】

①本首描绘了明丽如画的真州的江边景致和黄昏时分江岸上的渔家生活。②江干：江岸，江边。钓人：渔民。③柳陌：柳阴小路。菱塘：长着菱荷的水塘。疏：稀疏。这句是说渔民的屋舍散落在柳荫路和菱塘间。④好是：最美好的是。⑤红树：指江岸树木在夕阳照射下略显红色。鲈鱼：一种食用鱼，长江下游所产肉味鲜美。

江　上[1]

吴头楚尾路如何[2]？烟雨秋深暗白波。
晚趁寒潮渡江去，满林黄叶雁声多。

【注释】

①这首诗写在烟雨中渡江，既写了“吴头楚尾”的地方特点，又描绘了深秋的独特风景。②吴头楚尾：现江西省北部，春秋时为吴、楚两国交界之处。洪刍（chú）《职方乘》，“豫章（今江西南昌）之地为吴头楚尾。”

郑　燮

郑燮（1693～1765年），字克柔，号板桥，江苏兴化人。清代著名画家、书法家，“扬州八怪”之一。其诗、书、画称为“三绝”。乾隆元年（1736年）进士，曾任范县、潍县知县。其诗多为反映现实生活，同情民间疾苦之作。风格质朴泼辣，体现了作者正直倔强的性格。有《郑板桥集》。

竹　石[1]

咬定青山不放松，立根原在破岩中[2]。
千磨万击还坚劲[3]，任尔东西南北风。

【注释】

①这是一首题画诗，把竹子人格化。赞美竹石坚定顽强的同时，隐喻作者坚贞刚劲的风骨。②破岩：岩石缝隙。③千磨万击：指狂风暴雨等磨折摧残。

潍县署中画竹呈年伯包大中丞括[①]

衙斋卧听萧萧竹[②]，疑是民间疾苦声。
些小吾曹州县吏[③]，一枝一叶总关情[④]。

【注释】

①这首题画诗，约作于乾隆十一年（1746 年）诗人任潍县县令之初。诗借题画而自明心迹，展现了作者对民间疾苦的关怀和同情。年伯：古代称同榜考取的人为“同年”，对同年的父辈或父亲的同年称“年伯”。②萧萧：形容草木摇落的声音。《楚辞·九怀·蓄英》：“秋风兮萧萧。”③些小：微小，这里指官职低微。吾曹：我们。④关情：牵动感情。

赵　翼

赵翼（1727 ~ 1814 年），字云松，号瓯北，晚号三半老人，江苏阳湖（今江苏常州）人。清朝文学家、史学家。乾隆二十六年（1761 年）进士，为翰林院编修，官至贵西兵备道。晚年退闲，主讲安定书院。长于咏史诗。有《廿二史札记》、《陔余丛考》、《瓯北诗钞》、《瓯北诗话》等。

论　诗[1]

其　二

李杜诗篇万口传[2]，至今已觉不新鲜。
江山代有才人出[3]，各领风骚数百年[4]。

【注释】

①论诗绝句约作于乾隆四十九年（1784年）。赵翼论诗的主要精神在于创新。②李杜：李白和杜甫。③代：代代，每个时代。④风骚：《诗经》和《楚辞》的合称，指诗坛。领风骚，指为诗坛领袖，开一代风气。

林则徐

林则徐（1785～1850年），字元抚，号少穆、石麟，晚号俟村老人、俟村退叟、七十二峰退叟、瓶泉居士、栎社散人等，福建侯官（今福州市）人。清朝后期政治家、思想家和诗人，是中华民族抵御外辱过程中伟大的民族英雄。嘉庆进士，曾任江苏巡抚、两广总督、湖广总督、陕甘总督和云贵总督，两次受命为钦差大臣。道光十八年（1838年）奉命查禁鸦片，发动了著名的虎门销烟事件。作为关心国计民生的政治家，他不以诗名世，但在禁烟抗英至谪戍伊犁时期写了很多优秀篇章。其诗含蓄幽深，苍劲雄健。有《云左山房诗钞》。

赴戍登程口占示家人

其　二

力微任重久神疲，再竭衰庸定不支。苟利国家生死以，岂因祸福避趋之！谪居正是君恩厚，养拙刚于戍卒宜[1]。戏与山妻谈故事，试吟断送老头皮[2]。

【注释】

①谪居：古代官吏被贬到边远地方居住。君恩厚：表面上说仅贬官流放而没给更重的处分，这是皇上的厚恩，实际上隐含不平。养拙：谓才能低下而闲居度日。戍卒：守边的士兵。②“戏与”二句，自注：“宋真宗闻隐者杨朴能诗，召对，问：‘此来有人作诗送卿否？’对曰：‘臣妻有一首云：更休落魄耽杯酒，且莫猖狂爱咏诗。今日捉将官里去，这回断送老头皮。’上大笑，放还山。东坡赴诏狱，妻子送出门，皆哭，坡顾谓曰：‘子独不能如杨处士妻作一首诗送我乎？’妻子失笑，坡乃出。”所引见《东坡志林》卷二《书杨朴事》。山妻：隐士的妻子，此乃自称其妻的谦辞。

出嘉峪关感赋[1]

其　一

严关百尺界天西[2]，万里征人驻马蹄[3]。飞阁遥连秦树直[4]，缭垣斜压陇云低[5]。天山巉削摩肩立[6]，瀚海苍

茫入望迷[7]。谁道崤函千古险？回看只见一丸泥[8]。

【注释】

①嘉峪关：在甘肃酒泉西嘉峪山西麓。地势险要，为明、清以来西北军事要地，明长城西端终关。②严关：险要的关门。界：毗连。天西：极远的西方，此指新疆。③万里征人：诗人自称。驻：车马停止不前。④飞阁：凌空耸立的高阁，此指嘉峪关上的阁楼。秦树：陕西一带的树。⑤缭垣（yuán）：盘绕在山上的长城。陇：甘肃地处陇山之西，故称陇西，简称陇。⑥天山：横贯新疆中部的大山。巉（chán）削：高峻陡峭。摩肩立：高峰并峙，如与人摩肩而立。⑦瀚海：指沙漠。苍茫：空阔辽远。入望：进入视野。⑧崤（xiáo）函：崤山和函谷关。自古为险要关隘，少数兵力即可扼守。故有“一丸泥”可以“东封函谷关”的说法。

陆　嵩

陆嵩（1791 ~ 1860 年），字希孙，号房山，江苏元和（今苏州市）人。出身寒微，一生未中进士，只做过镇江府学教谕之类的小官。其诗作中颇多反映人民疾苦、社会矛盾的篇章。风格质朴自然，不假雕琢。有《意苕山馆诗集》。

鬻儿行[①]

老夫牵儿上街鬻，老妇相随道旁哭。“儿年虽幼颇有知，扫地烹茶习已熟[②]。”客问鬻儿几何钱[③]？老夫老妇俱涕涟[④]：“是儿亲生不论价[⑤]，但愿小过休笞鞭[⑥]。”儿随客去远难唤，老妇归来哭且怨。可怜老夫不敢言，忍泪吞声欲谁劝。君不见，东家有男朝无餐，西家有女衣不完[⑦]。老夫老妇慎勿叹，儿虽远去无饥寒。呜呼！儿苟无饥寒，鬻儿何用心悲酸。

【注释】

①作于道光二十年（1840年）。鬻（yù）：卖。②烹茶：煮茶或沏茶。习：学习，练习。③几何：多少。④涕涟：泪流不断。⑤是：此，这个。⑥笞鞭：用鞭、杖或板子打，也作“鞭笞”。⑦完：完好，完整。杜甫《石壕吏》：“出入无完裙。”

龚自珍

龚自珍（1792～1841年），字璱人，号定盦（ān），浙江仁和（今杭州）人。清代思想家、文学家，他还是近代思想、文学及改良主义的先驱者。道光九年（1829年）进士，官至礼部祠祭司行走、主客司主事。其诗文主张“更法”、“改图”，揭露清统治者的腐朽，饱含忧国忧民之情和追求理想的精神。风格瑰丽奇肆，情感激切，富于浪漫主义色彩。有《龚自珍全集》。

咏　史[①]

金粉东南十五州[②]，万重恩怨属名流。牢盆狎客操全算[③]，团扇才人踞上游[④]。避席畏闻文字狱[⑤]，著书都为稻粱谋[⑥]。田横五百人安在，难道归来尽列侯[⑦]？

【注释】

①本诗作于道光五年（1826 年）。借咏史揭露了上流社会腐朽黑暗，世风浮靡险恶的时弊。②金粉：花钿与铅粉，旧时妇女装饰用品。古诗文中常用以此喻繁华绮丽的生活。东南十五州：泛指江南地区。③牢盆：煮盐的器具，这里指掌管盐务的官员。狎客：陪伴权贵游乐的人。操全算：执掌财政全权。④团扇才人：侍奉皇帝的内廷女官，借指皇帝身边的亲信。团扇，圆形的扇子，又称宫扇。才人，宫中女官名。踞上游：处于重要地位。⑤避席：古人席地而坐，有所敬畏则离席而起，称为避席。文字狱：旧时统治者为迫害知识分子，故意从其著作中摘取字句，罗织罪名，构成冤狱。⑥稻粱谋：比喻人谋取衣食。杜甫《同诸公登慈恩寺塔》："君看随阳雁，各有稻粱谋。"句谓一般士大夫埋头著书，只是为了谋取衣食俸禄。⑦"田横"二句：田横原为齐国贵族，秦末自立为齐王，刘邦建汉后，他率五百余人逃亡海岛。刘邦招降说："田横来，大者王，小者侯。"田横听说后就去洛阳投降，途中又深感事汉之耻辱，于是自刎，

其余五百余人也都自杀（见《史记·田儋列传》）。作者此处写田横对刘邦的招降提出质疑，如果田横五百余人真的投降就会被封王封侯吗？此借田横事讥刺清统治者惯于欺诈诱骗，讽劝士大夫不要贪恋功名，空存幻想。

西郊落花歌[1]

出丰宜门一里[2]，海棠大十围者八九十本[3]，花时车马太盛，未尝过也。三月二十六日，大风。明日风少定，则偕金礼部应城、汪孝廉潭、朱上舍祖毂、家弟自毂出城饮而有此作[4]。

西郊落花天下奇，古来但赋伤春诗[5]。西郊车马一朝尽，定盦先生沽酒来赏之。先生探春人不觉，先生送春人又嗤[6]。呼朋亦得三四子，出城失色神皆痴[7]。如钱唐潮夜澎湃[8]，如昆阳战晨披靡[9]。如八万四千天女洗脸罢[10]，齐向此地倾胭脂。奇龙怪凤爱漂泊，琴高之鲤何反欲上天为[11]？玉皇宫中空若洗，三十六界无一青蛾眉[12]。又如先生平生之忧患，恍惚怪诞百出难穷期[13]。先生读书尽三藏[14]，最喜《维摩》卷里多清词[15]。又闻净土落花深四寸[16]，冥目观想尤神驰[17]。西方净国未可到，下笔绮语何漓漓[18]。安得树有不尽之花更雨新好者[19]，三百六十日，长是落花时。

【注释】

①作于道光七年（1827 年）暮春。与传统的伤春情调不同，作者用丰富奇特的想象以及淋漓酣畅的笔触，把引人伤感的落花写得壮美绮丽，形成一幅全新的艺术景观。②丰宜门：金代京城南面有三门，中为丰宜门，旧址约在北京右安门外西南。③围：量词。两手大拇指与食指合拢的圆周长。本：量词。张祥河《关陇舆中偶忆编》："京师丰宜门外三官庙海棠最盛，花时为士夫宴集之所。"④金应城、汪潭、朱祖穀、龚自穀：生平均不详。礼部：六部之一，掌礼仪、祭祀、贡举等职。金应城任职该部，故称。孝廉：汉代选拔官吏的科目之一，由郡国荐举，明清时对举人的俗称。上舍：清代对监生的别称。宋熙宁四年（1071 年）定三舍法，分太学为上舍、内舍、外舍，上舍为最高层。⑤伤春：因春天到来而引起忧伤、苦闷。⑥"先生"二句："探春"、"送春"，抒写爱春深情。嗤：讥笑。⑦失色：面色改变。神皆痴：见落花壮丽景观而神情惊愕。⑧钱唐潮：即著名的浙江钱塘江潮。江面大潮汛期，潮头可高达三米多，奔腾澎湃，宛若银龙。此以江潮奔涌形容落花飘散之状。⑨昆阳战：汉更始元年（公元 23 年），刘秀率数千精兵，在昆阳

（今河南叶县）击败王莽四十万军队，史称“昆阳之战”。披靡：溃散。此以大战后的狼藉景象来形容落花满地。⑩八万四千：佛经用语，极言众多。天女：即佛经故事里的散花天女。⑪奇龙怪凤：喻指落花。琴高：传说为周末赵国人，能鼓琴，后于涿水乘鲤鱼升天。事见刘向《列仙传》。⑫“玉皇”二句：玉皇：道教称天帝为玉皇大帝，简称玉皇、玉帝。三十六界：亦作三十六天。道教称神仙所居为天界，自玉皇宫至人世之间共三十六层（见《云笈七籤》卷二一）。青娥眉：少女的代称。⑬恍惚：隐约不清，难以捉摸和辨认。怪诞：离奇荒诞。难穷期：难以完全预料。⑭三藏（zàng）：佛教经典的总称。分经、律、论三部分。⑮《维摩》：指《维摩诘所说经》。清词：清雅的词句。⑯净土：指佛教所谓庄严洁净，没有五浊的西方极乐世界，即佛国。下文“净国”同。⑰冥目：同“瞑目”，闭上眼睛。观想：反观回想。⑱绮语：佛教语。指华艳绮靡的言词，十善戒中列为四口业之一。漓漓：水渗流的样子，这里形容言词滔滔不绝。⑲雨：用成动词，落、下。

己亥杂诗[①]

其　五

浩荡离愁白日斜[②]，吟鞭东指即天涯[③]。

落红不是无情物，化作春泥更护花[④]。

【注释】

①道光十九年（1839 年），作者辞官南归，后又北上接家属，

往返途中杂述见闻、感想以及往事回忆等，写成这组诗，共计315首。②浩荡离愁：浩大深广的离愁。③吟鞭：行吟诗人的马鞭。东指：离京东行。即天涯：指归向远在天涯的东南故乡。刘禹锡《和令狐相公别牡丹》诗："莫道两京非远别，春明门外即天涯。"此化用其意。④"落红"二句：落红，指落花。诗人以落花自喻，落花有情，化作春泥去护持百花，而诗人甘愿如落花一般，贡献自己去培育新生力量，维护变革的理想。

其八十三

只筹一缆十夫多[1]，细算千艘渡此河。

我亦曾糜太仓粟[2]，夜闻邪许泪滂沱[3]！（五月十二日抵淮浦作[4]。）

【注释】

①筹：作动词，计算。缆，系船用的粗绳，此指纤绳。夫：纤夫，船工。②糜：耗费。太仓：古代京城储粮的大仓。粟：小米，泛指粮食。③邪（yé）许（hǔ）：劳动呼声。《淮南子·道应训》："今夫举大木者，前呼'邪许'，后亦应之，此举重劝力之歌也。"泪滂沱：泪下如雨。滂沱：雨下得很大。④淮浦：清代淮安府，即今江苏淮安市。

其八十五

津梁条约遍南东[1]，谁遣藏春深坞逢[2]？

不枉人呼莲暮客[3]，碧纱𢅥护阿芙蓉[4]。

【注释】

①津梁条约：指清政府制定的中外通商条约，其中包括禁止贩运鸦片的条例和规定。津梁：指沿海海口。遍南东：遍喻东南沿海口岸。②藏春深坞：北宋刁约晚年筑花坞于家乡，号藏春坞。苏轼《赠张刁二老》诗“藏春坞里莺花闹”，即咏其事。坞：地势周围高而中央凹的地方。此以藏春坞喻指烟馆。③莲幕客：即幕客。南齐卫将军王俭用庾杲之为长史。“安陆侯萧缅与俭书曰：‘盛府元僚，实难其选。庾景行（杲之字）沉渌水，依芙蓉，何其丽也！’时人以入俭府为莲花池，故缅书美之。”（《南史·庾杲之传》）后因称幕府为莲幕，幕客为莲幕客。这里泛指官僚及幕客。④碧纱幮（chú）：一种橱形帷帐。此指床帐。阿（kē）芙蓉：即鸦片。李圭《鸦片事略》说：罂粟初产埃及，古希腊人取其汁人药，称为阿扁，后阿拉伯人变“扁”音为芙蓉，波斯人又音变为“片”，故有阿芙蓉、阿片之名。“明人《医学入门》云‘鸦片一名阿芙蓉’，始见‘鸦片’二字。盖自印度、南洋辗转传至中国，复变阿音为鸦也。”“不枉”二句，以嘲讽笔触揭露官僚幕客竞相吸毒，使阿芙蓉得到庇护的丑行。

其一百二十五

九州生气恃风雷[1]，万马齐喑究可哀[2]！我劝天公重抖擞[3]，不拘一格降人材[4]。（过镇江，见赛玉皇及风神、雷神者[5]，祷词万数，道士乞撰青词[6]。）

【注释】

①九州：相传古代中国分为九州，后用成中国的代称。生气：

生命力，活力。恃：依赖，倚仗。风雷：狂风和雷暴，比喻气势浩大而猛烈的冲击力量。②万马齐喑（yīn）：喻当时全国死气沉沉的局面。苏轼《三马图赞引》称西域贡马“振鬣长鸣，万马皆喑”。喑：哑。究：毕竟，到底。③重：重新。抖擞：振作，奋发。④不拘一格：不局限于一种规格、标准。降：下降，产生。⑤赛：酬报，旧时祭祀酬神之称。⑥青词：道士设坛祈祷用的祝文，以朱笔写在青藤纸上，所以称为青词。

魏　源

魏源（1794 ~ 1857 年），名远达，字默深，湖南邵阳人。著名学者，中国近代启蒙思想家和文学家。道光进士，官至高邮知州。鸦片战争时曾参与浙东抗英战役。学识渊博，著述很多，主要有《书古微》、《诗古微》、《老子本义》、《圣武记》、《元史新编》和《海国图志》等。《海国图志》是他作为地理学家的代表作。他还写了不少山水诗，风格雄浑遒劲，朴素明快。有《古微堂集》。

江南吟十章　效白香山体

其　八

阿芙蓉[①]，阿芙蓉，产海西，来海东。不知何国香风过，醉我士女如醇酴[②]。夜不见月与星兮，昼不见白日，自成长夜逍遥国[③]。长夜国[④]，莫愁湖[⑤]，销金锅里乾坤无[⑥]。溷六合[⑦]，迷九有[⑧]，上朱邸[⑨]，下黔首[⑩]，

彼昏自痼何足言[11]，藩决膏殚付谁守[12]？语君勿咎阿芙蓉，有形无形朋则同[13]：边臣之朋曰养痈[14]，枢臣之朋曰中庸[15]，儒臣鹦鹉巧学舌[16]，库臣阳虎能窃弓[17]。中朝但断大官朋[18]，阿芙蓉烟可立尽。

【注释】

①阿芙蓉：即鸦片。②醇酞（nóng）：浓酒。③“自成”句：引用殷纣王荒淫享乐，“为长夜之饮”的典故，见《史记·殷本纪》。是说瘾客昼夜吸食鸦片，无忧无虑。④长夜国：比喻荒淫侈靡、浑浑噩噩的生活状态。《韩非子·说林上》：“纣为长夜之饮，惧以失日，问其左右尽不知也。”⑤莫愁湖：在南京水西门外。相传六朝时有女子莫愁居此，故名。这里仅借“莫愁”二字来说吸鸦片者醉生梦死、无忧无愁，置国家安危于度外。⑥销金锅：喻大量花费金钱的处所，这里指吸鸦片的烟具。乾坤无：沉溺于吸食鸦片，神魂颠倒，仿佛天地都不存在了。⑦溷（hùn）：混浊。六合：上下及四方的合称。⑧九有：九州。《诗·玄鸟》：“奄有九有。”毛传：“九有，九州也。”⑨朱邸（dǐ）：古时诸侯有功者赐朱户，故称王侯第宅为朱邸。此指贵族官僚之家。⑩黔首：古时称老百姓。先秦称百姓为黎民，秦始皇二十六年“更名民曰黔首”（《史记·秦始皇本纪》）。⑪痼（gù）：积久难改的习惯，此指鸦片烟瘾。⑫藩决：边防被敌人突破。藩：屏藩，指国家边防。膏：油脂，喻财富，此指国家财富。殚：尽。⑬朋：诗末自注：“俗语烟瘾之瘾，字书无之。《说文》：‘朋，病瘢也。’今借用之。”句谓无形的朋与鸦片危害相同。⑭边臣：守卫边疆的官员。养痈（yōng）：对毒疮不认真治疗。喻指姑息苟且，不治边患。⑮枢臣：朝廷中参与决策的大臣。中庸：儒家倡导的一种调和折

中的思想。⑯儒臣：旧指读书人出身或有学问的大臣。鹦鹉巧学舌：比喻人云亦云，没有主见。⑰库臣：掌管府库的官员。阳虎：又称阳货。春秋鲁国人，原为季氏家臣，后擅权鲁国。周敬王五十八年（公元前502年），他在与鲁国三大贵族作战时，到鲁定公宫中盗出鲁国国宝宝玉大弓。这里用阳虎事说库臣监守自盗，指斥清朝官吏贪污盗窃成风。⑱中朝：即朝中。大官删：语意双关，既指鸦片烟瘾，又指官僚们的诸多弊病。

寰海十章[①]

其　九

城上旌旗城下盟[②]，怒潮已作落潮声。阴疑阳战玄黄血[③]，电挟雷攻水火并[④]。鼓角岂真天上降，琛珠合向海王倾[⑤]。全凭宝气销兵气，此夕蛟宫万丈明[⑥]。

【注释】

①这组诗大部分作于1841年。当年两江总督裕谦在浙江防御英军，魏源在其幕中，参加了抗英斗争。1841年5月，英军炮击广州，清守将奕山不战而和，本诗即有感于此而作。②城下盟：敌人兵临城下时，被迫订立屈辱的盟约。在《左传》桓公十二年：“楚伐绞……大败之，为城下之盟而还。”杜预注：“城下盟，诸侯所深耻。”这里指奕山与英军签订的一系列屈辱性条款。③“阴疑”句：《周易·坤卦》上六爻辞：“龙战于野，其血玄黄。”《文言》：“阴疑于阳必战。”孔颖达《正义》：“阴盛为阳所疑，阳乃发动，故除去此阴；阴既强盛，不肯退避，故必战也，”玄黄：杂

色。④电挟(xié)：比喻强兵挟制。雷攻：比喻攻击力迅猛。⑤“鼓角”句：汉景帝三年（公元前154年），周亚夫奉命讨伐吴楚七国之乱。赵涉建议他隐蔽奇袭，“直入武库，击鸣鼓，诸侯闻之，以为将军从天而降也。”亚夫采纳此议，获得胜利。见《汉书·周勃传》。此反用亚夫典，谓英军并非天降神兵，之所以能轻易得手，皆因清军腐败无能。琛(chēn)：珍宝。合：应当，此含讽刺意。海王：海上的首领、霸王。⑥“全凭”二句：宝气：珍物、财宝等所显现的光气。兵气：战争的气氛。蛟宫：即龙宫。传说中的龙宫在东海中，“夜中远望，见此水上红光如日，方百余里，上与天连，船人相传龙王宫在其下矣”。此借指英军攫取的大量财宝光亮四射。

秋兴十章①

其　八

粟死金生孰后先？由来二物互操权②。荒年谷贸丰年玉③，下赋田征上赋钱④。寒食几曾烟果断⑤，尾闾愁说海堪填⑥。蜗庐外漏兼中蠹⑦，宵拥长沙家令篇⑧。

【注释】

①道光二十一年（1841年），黄河在河南东部决口，各地又闹灾荒，社会动荡不宁。诗人感时忧国，写了这组诗。②“粟死”二句：粟，粮食。金，金银财货。《商君书·去强》：“金生而粟死，粟死而金生。”这是说钱、粮二物，互相制约，缺一不可，一同控制着国家和人民的命脉。③“荒年”句：荒年谷贵，与丰

年玉价相当。贸，交易。④"下赋"句：历代田赋皆分等征收，清代分上中下三等。此指原定为下赋的田，荒年反倒按上赋标准征税。⑤寒食：节令名。这一天古人因禁火而冷食。果：果真。⑥尾闾（lǘ）：古代传说中的海水所归之处。《庄子·秋水》："天下之水，莫大于海，万川归之，不知何时止而不盈；尾闾泄之，不知何时已而不虚。"成玄英疏："尾闾者，泄海水之所也。"⑦蜗庐：蜗牛的螺壳，简陋居处的代称。喻指当时贫弱的国家。蠹（dù）：蛀蚀。⑧宵拥：夜里捧着（阅读）。长沙：指贾谊，他在汉文帝时任长沙王太傅。家令：指晁错，他在汉文帝时任太子家令。篇：指贾、晁的论著，主要指贾谊的《治安策》、《过秦论》，晁错的《贤良对策》、《言兵事疏》等研究西汉政治、军事的著名论文。

何绍基

何绍基（1799～1873年），字子贞，号东洲，晚号蝯叟，道州（今湖南道州）人。清代诗人、学者、书法家。道光十六年（1836年）进士，官翰林院编修，四川学政。因屡陈时务，被降官调职后主讲山东、湖南书院，晚年主持苏州、扬州书局。

山　雨

短笠团团避树枝[1]，初凉天气野行宜[2]。谿云到处自相聚[3]，山雨忽来人不知。马上衣巾任沾湿，村边瓜豆也离披[4]。新晴尽放峰峦出，万瀑齐飞又一奇。

【注释】

①笠：用竹或草编成的帽子，可以遮雨、遮阳光。②野行：在野外行走。③谿：山间的沟壑。④离披：形容瓜豆经雨散乱下垂的样子。

姚　燮

姚燮（1805～1864年），字梅伯，号复庄、野桥，浙江镇海人。清代文学家。道光十四年（1834年）举人。其文集中较多反映民生疾苦的作品。鸦片战争爆发后，写了很多爱国诗篇。他主张诗应“自寄其性情”，反对过分追求格律。有《复庄诗问》等。

太守门[①]

鬼官设座太守门[②]，愚民号泣来诉冤，细书事状长跽陈[③]。鬼官不解民所语，旁有青衣相尔汝[④]：小事鸡一匹，大事犊一头[⑤]；我当释尔苦，官当如尔求。尔不鸡，褫尔衣[⑥]；尔不犊，割尔肉。缚鸡牵犊来献公，驱犊入栅鸡入笼。鬼官点头画破纸，画篆如符阔三指[⑦]，归贴门户堪辟灾。有不得者心悲哀，明朝当办肥犊来。君不见，墨书朱印天朝字[⑧]，门上犹悬太守示。

【注释】

①太守：清代知府的别称，为地方府一级长官。②鬼官：对英侵略者官员的蔑称。③事状：指诉状所陈述的事。长跽（jì）：长跪。跽，双膝着地，上身挺直。④青衣：穿青衣或黑衣的人，此指衙役。尔汝：彼此亲昵的称呼。相尔汝：指青衣与鬼官沆瀣一气。⑤“小事”二句：揭露鬼官明码标价，公然索贿。小事要交一只鸡，大事要交一头牛。⑥褫（chǐ）：夺去，褫夺。⑦画篆：签署判行文书。符：道士画的图形或线条，迷信说法认为“符”能驱使鬼神，消灾求福。⑧天朝字：指满文。

贝青乔

贝青乔（1810 ~ 1863 年），字子木，号无咎，又号木居士，江苏吴县（今苏州）人。近代诗人。出身低微，科场不顺，大半生过着幕客生活。他的诗多写亲身经历之事，具有丰富的现实内容。诗风质朴平易，时有豪壮之气。著有《咄咄吟》、《半行庵诗存稿》。

咄咄吟①

其二十一

骆驼桥距镇（海）、宁（波）二城约二十余里，故张应云屯兵于此，以为两路后应。二十八日夜半，瞭见二城火光烛天，胜负莫决。继闻炮声四起，或请于应云曰：“我兵不带枪炮，而今炮声大作，恐或失利，急宜运赴前队以助战。”而应云素吸鸦片烟，时方烟瘾至，不能视事。及二十九日天明，探报四至，迄无确耗。日中，镇海前队刘天保等败回，傍晚，宁波前队余步云、李廷扬自慈谿带兵至，知其并未进城，而段永福等已败入大隐山[②]。讹言蜂起，加以败残军士乏食，哭声震野。或谓宜再进，或谓宜速退，聚谋至黄昏不决。而英夷旋从樟市来犯，先焚我所弃火攻船以助声势，继闻发枪炮，豕突而至[③]。我兵望风股栗，不敢接战，咸向慈谿城退避。而应云犹卧吸鸦片烟半时许，始踉跄升舆而走[④]。

瘾到材官定若僧[⑤]，当前一任泰山崩。

铅丸如雨烟如墨，尸卧穹庐吸一灯[⑥]。

【注释】

①咄咄吟：组诗名。晋殷浩被黜后，常终日向空书写"咄咄怪事"四字。见《世说新语·黜免》，诗题取义于此。这是作者在清扬威将军奕经军中陆续写成的一组纪事讽刺诗，共一百二十首，此为其中一首。②张应云：原为安徽泗州知州，是奕经的门生。此人腐败无能，颇多丑行。视事：治事，任职。耗：消息。③讹(é)言：谣言。豕(shǐ)突：像野猪一样奔突窜扰。④股栗：大腿发抖，形容十分恐惧。升舆(yú)：登车，上车。⑤材官：武官。定若僧：像和尚坐禅入定一样。坐禅入定是佛教徒的一种修行方法，静坐息虑，凝心参究，使心定于一处。⑥铅丸：子弹。烟：硝烟。尸卧：像死尸一样躺着不动。穹庐：游牧民族居住的圆顶帐篷，这里指营帐。

洪秀全

洪秀全（1814 ~ 1864 年），原名仁坤，广东人。太平天国的创建者及思想指导者，称“天王”。1851 年 1 月，他领导太平军在广西桂平金田村起义，建号太平天国，自任天王。1853 年 3 月，攻克南京，建都，称天京。1864 年，清军围攻天京，他困守孤城，6 月病逝。洪秀全的诗一部分是抒发爱国革命壮志的，而绝大部分都是直接宣传鼓动革命的，诗歌成了他对敌斗争的一大武器。现存诗歌十余首，散见于《洪仁玕自述》、《太平天国起义记》等著中。

吟剑诗①

手持三尺定山河②，四海为家共饮和③。擒尽妖邪归地网④，败残奸宄落天罗⑤。东西南北敦皇极⑥，日月星辰奏凯歌。虎啸龙吟光世界⑦，太平一统乐如何⑧！

【注释】

①原载《洪仁玕自述》。作于道光十七年（1837 年），表达了铲除奸邪，建立平等友爱、太平一统的新世界的政治理想。②三尺：指剑。剑长约三尺，故以“三尺”代剑。《汉书·高祖纪》：“吾以布衣提三尺”。颜师古注：“三尺，剑也。”③饮和：谓使人感到自在，享受和乐。语本《庄子·则阳》：“故或不言而饮人以和”。④妖邪：指封建统治者。洪秀全在《原道觉世训》中把封建帝王当作“阎罗妖”来反对，正与此合。⑤奸宄（guǐ）：原义内盗为奸，外盗为宄。后混用泛指坏人、恶人。奸宄亦指违法作乱

的事情。⑥敦：崇尚。此有推崇、拥戴意。皇极：指皇位。极：特指帝王之位。班固《东都赋》："奋布衣以登皇极。"⑦虎啸龙吟：形容歌声雄壮而嘹亮。此写起义队伍充满生机和活力。⑧"太平"句：洪秀全在《原道醒世训》中号召群众变"陵夺斗杀之世"为"公平正直之世"，实现"天下一家，共享太平"的理想，本句正是政治理想的形象概括。

张之洞

张之洞（1837～1909年），字孝达，号香涛，又号广雅、无竞居士，晚年自号抱冰。直隶南皮（今属河北）人。清朝洋务派代表人物之一，其提出的"中学为体，西学为用"，是对洋务派和早期改良派基本纲领的一个总结和概括。同治二年（1863年）进士，历任湖广、两江总督、内阁大学士、军机大臣等职。致力于洋务运动，注重兴办实业及发展教育。张之洞不以诗名世，然其政余所作诗歌亦颇有特色，受到文界好评。有《广雅堂诗集》。

四月下旬过崇效寺访牡丹，花已残损[①]

一夜狂风国艳残，东皇应是护持难[②]。
不堪重读元舆赋[③]，如咽如悲独自看。

【注释】

①约作于1899年。崇效寺：旧址在北京广安门内，唐初建寺，元代赐额"崇效"，后几经废兴，清代为游观胜地。②国艳：

国中最艳丽的花，多指牡丹。东皇：指神话中的司春之神，此喻指光绪帝。③不堪：承受不了。元舆赋：指唐代舒元舆所作的《牡丹赋》。唐文宗大和九年（公元 835 年），宰相李训、节度使郑注谋诛宦官，舒元舆参与其事，事败被杀。《新唐书·舒元舆传》："元舆为《牡丹赋》一篇，时称其工。死后，帝观牡丹，凭殿阑诵赋，为泣下。"诗用此事暗指维新党人谋诛慈禧等顽固派未遂，反遭残杀的"戊戌政变"，"元舆"暗指作者门生杨锐。杨锐（1857 ~ 1898 年），四川绵竹人。官内阁中书，戊戌变法六君子之一，被捕后，张之洞营救不及，与谭嗣同等同时被害。

郑观应

郑观应（1842 ~ 1921 年），原名官应，字正翔，号陶斋，别号杞忧生、罗浮待鹤人。广东香山（今中山市）人。他是中国近代最早具有完整维新思想体系的理论家，揭开民主与科学序幕的启蒙思想家，也是实业家、教育家、文学家、慈善家和热忱的爱国者。他关心祖国命运，主张变革以御外侮，是近代早期的资产阶级改良主义者。他常以诗歌抒情言志，表达出伤时忧世的爱国情怀。诗集有《罗浮待鹤山人诗草》等。

闻中法息战感赋①

牢补亡羊尚未迟②，农工商是富强基③。强邻环伺犹堪虑④，当轴因循岂不知⑤！贾谊上书唯痛哭⑥，班超投笔莫怀疑⑦。疮痍满目凄凉甚⑧，深盼回春国手医⑨。

【注释】

①1885年3月，中国军民在镇南关打败了入侵的法军，而清政府竟向战败的法国求和，与之签订停战协定。作者就此赋诗抒感，对国家频遭列强侵凌的艰危处境深表忧虑，疾呼变革图强，发展民族工商业，以拯救祖国的危亡。②“牢补”句：是说出了差错及时纠正、补救，还不为迟。《战国策·楚策四》：“亡羊而补牢，未为迟也。”亡，丢失。牢，牲口圈。③“农工商”句：谓农工商业是国家富强的根基。郑氏力主发展民族工商业以抗御西方：“欲制西人以自强，莫如振兴商业”，“论商务之源，以制造为急，而制造之法，以机器为先”。④强邻环伺：指列强四面窥伺我国，处境险恶，令人忧虑。⑤当轴：喻官居要职，掌握大权。此指当朝政要，如李鸿章之流。因循：沿袭旧法而不改革。⑥“贾谊”句：西汉贾谊曾向文帝上书，论治安之策，称当时天下事势“可为痛哭者一，可为流涕者二，可为长太息者六”（见《汉书·贾谊传》）。此用其事，谓当时天下之事令人伤痛。⑦“班超”句：班超家贫，为官府抄书养家，一日投笔叹道：“大丈夫无他志略，犹当效傅介子、张骞立功异域，以取封侯，安能久事笔砚间乎？”此用班超事，谓在国家危难之时，应投笔从戎，无须迟疑。⑧疮（chuāng）痍（yí）满目：形容遭到严重破坏或灾害后的景象。⑨回春：冬去春来。喻医术高明，能治愈危重病症。国手：一国中某项技艺最为出众的人。

黄遵宪

黄遵宪（1848 ~ 1905 年），字公度，别号人境庐主人，广东嘉应州（今梅州）人。清末杰出的爱国诗人、外交家。光绪举人，历任驻日、英参赞及旧金山、新加坡总领事。回国后，积极参加变法维新活动，戊戌政变后，被放归乡里。论诗主张“我手写我口”，要求表现“古人未有之物，未辟之境”。潜心新体诗创作，被誉为“诗界革命巨子”。同时，他热心家乡教育事业，创立嘉应兴学会议所，自任会长，积极兴办新学堂。著作《日本杂事诗》、《日本国志》、《人境庐诗草》等。

哀旅顺[1]

海水一泓烟九点，壮哉此地实天险[2]。炮台屹立如虎阚，红衣大将威望俨[3]。下有深池列巨舰[4]，晴天雷轰夜电闪[5]。最高峰头纵远览，龙旗百丈迎风贴[6]。长城万里此为堑[7]，鲸鹏相摩图一啖[8]。昂头侧睨视眈眈[9]，伸手欲攫终不敢[10]。谓海可填山易撼，万鬼聚谋无此胆[11]。一朝瓦解成劫灰[12]，闻道敌军蹈背来。

【注释】

①旅顺：又称旅顺口，在辽东半岛最南端，形势险要，与山东威海卫同为北洋海军基地。光绪二十年（1894 年）十月十八日，日军进犯旅顺，徐邦道率部奋战数日，因敌众我寡、后援不继而战败，旅顺遂于二十一日被日军占领。本诗对北洋海军经营十余

年的要塞旅顺口顷刻失陷表示哀伤和愤慨。这不仅是旅顺之哀，水师之哀，更是十九世纪末中华民族的悲哀。②“海水”二句：写旅顺地形，背山面海，扼渤海湾之口，为我国东北屏障，壮若天险。李贺《梦天》：“遥望齐州（中州，中国）九点烟，一泓海水杯中泻。”③虎阚（hǎn）：虎怒的样子。红衣大将：指大炮。明末清初仿荷兰大炮而造的一种炮，称红衣大炮。威望俨：威望俨然，即威严可怕的样子。④深池：指大船坞。⑤“晴天”句：描写舰上演习发炮的情形。⑥飐（zhǎn）：飘动。⑦“长城”句：谓旅顺形势险要，好像是万里长城的护城河。⑧“鲸鹏”句：语本韩愈《送无本诗归范阳》：“鲸鹏相摩窣，两举快一啖。”鲸鹏，这里喻指外国侵略者。摩：迫近，此有侵凌意。啖：吃。⑨睨（nì）：斜视。眈眈：威猛地看着。⑩攫：抓取，夺取。⑪万鬼：列强侵略者。无此胆：指没有进攻旅顺的胆量。⑫劫灰：劫火的余灰。劫火，佛家语，指坏劫之末（世界末日）所起的大火，也借指兵火。

上岳阳楼[1]

巍峨雄关据上游，重湖八百望中收[2]。当心忽压秦头日[3]，画地难分禹迹州[4]。从古荆蛮原小丑，即今砥柱孰中流[5]？红髯碧眼知何意[6]，挈镜来登最上头[7]。

【注释】

①光绪二十三年（1897年）六月，作者赴湖南长宝盐法道任，过岳州（今岳阳市），曾登岳阳楼。岳阳楼：湖南岳阳城西门城

楼，高三层，下临洞庭湖，始建于唐，宋代重修，范仲淹作《岳阳楼记》。②巍峨：形容山或建筑物的高大。雄关，指岳阳楼。据上游：岳阳楼在洞庭湖北端，位居上方。重湖：洞庭湖南面有青草湖，中隔沙洲，水涨时则两湖相连，故称重湖。八百：指洞庭湖、青草湖与赤沙湖（在洞庭湖西）三湖合一，周围八百余里，故有“八百里洞庭”之说。③秦头日：南宋权奸秦桧当政时，谢石拆“春”字说：秦头太重（暗喻秦桧权力太大），压日（指皇帝）无光。这里指帝国主义对中国侵略加剧，压迫益重。作者句下自注：“近见西人势力范围图，竟将长江上下游及浙江、湖南指入英吉利属内矣。”④禹迹：相传夏禹治水，足迹遍于九州，后因称中国的疆域为禹迹。这是说中国领土是完整不可分割的。⑤荆蛮：古代中原人对荆楚地区（约今湖北、湖南一带）人的称呼。《诗·小雅·采芑》：“蠢尔蛮荆，大邦为仇。……方叔率止，执讯获丑”，是说荆蛮蠢动，侵扰周王朝，但被方叔率军征服了。砥柱，山名，又称三门山。在河南三门峡市，当黄河中流，因山在激流中矗立如柱，故名。诗文中常用以比喻能负重任、支撑危局的人或力量。⑥红髯（rán）碧眼：指洋人。髯，胡子。⑦挈镜：带着望远镜。作者句下自注：“是日有西人登楼者。”

书 愤[1]

其 一

一自珠崖弃[2]，纷纷各效尤[3]。瓜分惟客听[4]，薪尽向予求[5]。秦楚纵横日[6]，幽燕十六州[7]。未闻南北海，处处扼咽喉[8]。

【注释】

①作于光绪二十四年（1898 年）。中日甲午战后，帝国主义竞相瓜分中国，强租领土，清政府腐败无能，屈膝投降，民族危机日益严重。面对这种局势，作者忧心如焚，便写下这组诗，以抒发悲愤之情。②珠崖弃：汉元帝初元元年（公元前 48 年），珠崖（海南海口）等郡反叛，元帝拟发兵镇压，贾捐之劝阻说，珠崖非冠带（礼仪，教化）之国，现今关东民众久困，连年流离，“愿遂弃珠崖，专用恤关东为忧”。元帝听从其意见，下诏罢珠崖郡。事见《汉书·贾捐之传》。后以“弃珠崖”指抛弃国土。句下自注：“胶州”。指清廷同意德国强租胶州湾。③效尤：明知不对而去仿效。这句下自注：“旅顺、大连湾、威海卫、广州湾。”④客听：任客自便。《左传》成公二年：晋齐交战，齐军败，齐侯答应献出珍宝和土地，请求晋国退兵，并说：“不可，则听客之所为！”此用其典，是说清政府腐败无能，听任帝国主义瓜分国土。客，指各国侵略者。⑤薪尽：语出《庄子·养生主》，说薪一烧便尽，而火却可以因为不断添薪而传下去。⑥秦楚纵横：战国时七国并峙，秦、楚两国最强，都想并吞他国，独霸天下。秦国在西，六国在东，地贯南北。当时以南北为纵，东西为横。故秦国争取与

东方六国分别交好，为连横；楚国争取六国联合以拒秦，为合纵。这里以“秦楚纵横”喻指帝国主义列强在中国互相争斗。⑦“幽燕”句：五代时，石敬瑭为后唐河东节度使，契丹南侵，他引契丹兵灭后唐，建立后晋，自称儿皇帝，称契丹为父皇帝，并割幽蓟十六州（又称燕云十六州）给契丹。这里混用两种名称为“幽燕十六州”，此借石敬瑭事抨击清王朝的卖国罪行。⑧南北海：指南北海口及重要地区。扼咽喉：喻控制要害。此二句是说：从未听说过南北海口各咽喉要地像今天这样被列强控制的。

夜　起①

千声檐铁百淋铃②，雨横风狂暂一停③。正望鸡鸣天下白④，又惊鹅击海东青⑤。沉阴曀曀何多日⑥，残月晖晖尚几星⑦。斗室苍茫吾独立⑧，万家酣梦几人醒。

【注释】

①约作于光绪二十七年。诗针对沙俄入侵东北事，抒发了忧国伤时的感叹。②檐铁：即檐马，又称铁马，是挂在屋檐下的风铃。淋铃：指《雨淋铃》，相传唐玄宗入蜀，夜雨闻风铃，采其声而作此曲，以悼念杨贵妃。见《太真外传》。亦借指雨声。韦庄《夜蓬船》：“夜来江雨宿蓬船，卧听淋铃不忍眠。”③横：粗暴，凶暴。④“正望”句：化用李贺《致酒行》“一唱雄鸡天下白”而成。全句寄予了作者对局势好转的深切期望。⑤“又惊”句，作者自注：“元杨允孚《滦京杂咏》：‘新腔翻得凉州曲，弹出天鹅避海青。’自注曰：‘海青击天鹅，新声也。海东青者，出于女真，辽极重之。’”海东青：雕的一种，凶猛而珍贵，产于黑龙江下游

及附近海岛，这里借指我国东北地区。鹅：谐音“俄”，指沙皇俄国。⑥“沉阴”句：用《诗·邶风·经风》“曀曀其阴”和《邶风·旄丘》“何多日也”，喻指当时局势暗淡，像连阴天一样。曀曀（yì）：天气阴沉昏暗。⑦晖晖：明亮。⑧斗室：比喻极小的屋子。苍茫：夜色昏暗，模糊不清。独立：单独站立。杜甫《独立》：“天机近人事，独立万端忧。”

陈三立

陈三立（1852 ~ 1937 年），字伯严，号散原，江西义宁（今修水）人。湖南巡抚陈宝箴之子，国学大师、历史学家陈寅恪之父。近代诗文名家，同光体赣派代表人物，被誉为中国最后一位传统诗人。与谭嗣同、丁惠康、吴保初合称“维新四公子”，但戊戌变法后，甚少插手政治，自谓“神州袖手人”。光绪十五年（1889 年）进士，官吏部主事，戊戌政变后，被革职。他在用字遣词上“避俗避熟，力求生涩”，为“同光体”诗人首领，颇为时人所重。早年多忧愤国事之作，对帝国主义的入侵、人民的苦难等均有所反映。有《散原精舍诗集》等。

夜舟泊吴城①

夜气冥冥白，烟丝窃窃青②。孤篷寒上月，微浪稳移星③。灯火喧渔港，沧桑换独醒④。犹怀中兴略，听角望湖亭⑤。

【注释】

①作于光绪二十七年（1901年）。这首诗写了舟泊吴城所见鄱阳湖夜景。借眼前所见之景，抒发心中情怀，希望为国家谋求一条富国强兵的中兴之路。吴城：镇名，在江西永修北，当赣江入鄱阳湖之口。②夜气：夜间的清凉之气。冥冥：弥漫。烟丝：指缕缕烟雾。窈窈：深邃幽暗。③篷：船篷。上月：指月升于空。稳：指浪小船稳。移星：星星倒映水中，波动星移。④沧桑："沧海桑田"的略语。指大海变农田，农田变大海，比喻世事变化巨大。语本葛洪《神仙传·王远》，这里指戊戌政变和庚子事变的发生。独醒：独自清醒，喻不同流俗。语出《楚辞·渔父》："世人皆醉我独醒"，句谓经历世事的巨大变化，获得了不同于流俗的清醒认识。⑤中兴略：使国家由衰而盛的谋略。角：古乐器，吹奏以报时，军中多用作军号。望湖亭：在吴城镇鄱阳湖边。

严　复

严复（1853～1921年），字又陵，又字几道，晚号愈壄老人。福建闽侯（今福州市）人。清末很有影响的资产阶级启蒙思想家、翻译家和教育家，是中国近代史上向西方国家寻找真理的"先进的中国人"之一。年轻时，曾留学英国海军大学，回国后任北洋水师学堂总教习。中日甲午战后，大力宣传变法维新，抨击封建专制，提倡"新学"，成为维新运动中的出色思想家、宣传家。翻译了《天演论》、《原富》等西方著作，对当时的思想文化界产生了很大影响。他不以诗著称，但也写了一些感时忧国之作。有《愈壄堂诗集》、《严复诗文选》等。

戊戌八月感事[①]

求治翻为罪[②]，明时误爱才[③]。伏尸名士贱[④]，称疾诏书哀[⑤]。燕市天如晦[⑥]，宣南雨又来[⑦]。临河鸣犊叹，莫遣寸心灰[⑧]。

【注释】

①作于光绪二十四年（1898年）夏历八月戊戌政变后。诗中痛惜变法失败和六君子被害，揭露以慈禧为首的顽固派的罪恶，并抒感自勉。②求治：谋求国家的安定太平，指变法维新事。翻：反而。③明时：政治清明的时代，此指光绪执政时。误爱才：光绪爱惜任用维新人才，反使自己和被重用的人遭到以慈禧为首的顽固派的迫害，所以作者这样说。④伏尸：尸体倒地，犹言死亡。指谭嗣同等六君子被杀害。⑤“称疾”句：指慈禧以光绪的名义下诏，声称有病，请太后再度临朝听政。⑥燕市：指北京。晦：黑夜。⑦宣南：指北京宣武门南。谭嗣同等六人被杀于宣武门外菜市口。雨又来：喻政变发生，志士被害。⑧“临河”二句：据《史记·孔子世家》记载，孔子准备去晋国见赵简子，走到黄河边，听说晋贤大夫窦鸣犊和舜华被赵简子杀害，便叹息道：“丘之不济此，命也夫！”于是返回。这里把谭嗣同等比作窦鸣犊、舜华，诗人为他们的遇害而叹息。

康有为

康有为（1858 ~ 1927 年），字广厦，号长素，又号明夷、西樵山人、游存叟，晚年别署天游化人，广东南海人，人称“康南海”。近代著名政治家、思想家、社会改革家、书法家和学者。清光绪年间进士，官授工部主事。甲午战后，他发动了“公车上书”，此后连续上书光绪帝，积极进行变法活动，成为维新运动的领袖。变法失败后，思想日趋僵化，后成为保皇派。其诗学杜甫、龚自珍，前期诗多感慨时事，抒发幽愤，充满爱国精神，风格雄健，文辞瑰丽。后期流亡国外，诗作多反映世界各地的风俗名胜。有《南海先生诗集》、《康有为诗文选》。

过虎门①

粤海重关二虎尊②，万龙轰斗事何存③？
至今遗垒余残石④，白浪如山过虎门。

【注释】

①作于光绪十三年（1887 年）。诗中追怀林则徐在虎门的抗英业绩，慨叹如今海防空虚，无人御敌。虎门：在广东东莞，东西有大小虎山对峙如门，自明以后，即为我国海防要塞。②粤海：指中国南部广东一带的海域，又作为广东或广州的代称。重关：险要的关塞。二虎：指大小虎山。③万龙轰斗：指鸦片战争初期，林则徐坚决抵抗英国侵略，曾在虎门一带与英军激战的事。④“至今”句：慨叹林则徐当年修筑的营垒如今仅余残石。

出都留别诸公[①]

其 二[②]

天龙作骑万灵从，独立飞来缥缈峰[③]。怀抱芳馨兰一握，纵横宙合雾千重[④]。眼中战国成争鹿[⑤]，海内人才孰卧龙[⑥]？抚剑长号归去也，千山风雨啸青锋[⑦]！

【注释】

①作于光绪十五年（1889年）。作者自注："吾以诸生上书请变法，开国未有。群疑交集，乃行。"1888年，康有为利用在北京参加顺天乡试之机上书清帝，陈述变法图强的必要性和紧迫性，建议"变成法，通下情，慎左右"。由于顽固派阻挠，该书未得上达，作者遂于1889年9月出京。②这首诗抒发了作者对国家民族命运的关切之情，展示了诗人变法图强的宏大抱负，志气豪迈，富有激情。③天龙：天上的龙。龙为传说中的一种神异动物，能兴云降雨，为水族之长。作骑（jì）：即"坐骑"。万灵：众神。飞来缥缈峰：高远隐约，如自天外飞来的奇峰。④"怀抱"二句：是说虽然自己保持着芳香高洁的志行，但是所处的世界却昏暗混浊。芳馨：芳香，也指香草。宙合：原为《管子》篇名，意思是囊括上下古今之道。这里借以指宇宙、世界、天下。⑤战国：指帝国主义列强。争鹿：即逐鹿。《汉书·蒯通传》："秦失鹿，天下共逐之。"⑥卧龙：诸葛亮的别号，此指杰出人才。⑦抚：持。号：长声大叫。青锋：即青锋剑，因剑身寒光闪烁，锋芒毕露，故称。此指宝剑。啸青锋：宝剑发出鸣叫声。

刘光第

刘光第（1859 ~ 1898 年），字裴村，四川富顺人。清末维新派的著名爱国诗人，“戊戌六君子”之一。光绪进士，授刑部主事。光绪二十四年（1898 年），加四品卿衔军机章京，参与新政。戊戌政变时被杀害。能诗文，善书法。有《介白堂诗集》、《衷圣斋文集》。

梦　中①

梦中失叫惊妻子②，横海楼船战广州③。五色花旗犹照眼④，一灯红穗正垂头⑤。宗臣有说持边衅⑥，寒女何心泣国仇⑦。自笑书生最迂阔⑧，壮心飞到海南陬⑨。

【注释】

①约作于光绪十一年（1885 年）中法战争后。诗借写梦境，表现了作者抗敌卫国的“壮心”，并通过醒后自责，嘲讽了以李鸿章为首的投降派。②失叫：失声喊叫。③“横海”句：写自己在梦中参加了抗击法帝国主义侵略的战争。楼船：有楼的大船，古代多用作战船，亦代指水军。广州：指广州湾，在广东湛江市东。④五色花旗：指敌军战舰上的各色旗帜。照眼：犹“耀眼”。⑤红穗：指灯花。这句是写醒后残灯未灭。⑥宗臣：为当世所敬仰的名臣，此指李鸿章。持：操持，处理。边衅：边境争端。⑦寒女：贫家女子。《列女传》卷三载，春秋时鲁国漆地有一女子，过时未嫁，倚柱叹息。邻妇问她是不是想嫁人，她说：“吾忧君老，太子幼。”邻妇说：“此卿大夫之忧也。”她说：“鲁国有

患，君臣父子皆被其辱，妇人独安所避乎？”此用其典，激愤地说，既然宗臣主降有理，我们这些普通老百姓又何必为国事痛哭流涕呢？这也是讽刺反语。⑧迂阔：不切合实际。⑨海南：指南海。陬（zōu）：角落。

谭嗣同

谭嗣同（1865～1898年），字复生，号壮飞，又号华相众生、东海褰冥氏、廖天一阁主等，湖南浏阳人。著名维新派人物，与林旭、杨深秀、刘光第、杨锐、康广仁六人并称“戊戌六君子”。少怀大志，博览群书，能文章，通剑术。甲午战后提倡新学，积极推行新政。变法失败后被捕入狱，慷慨就义。他的诗无论写景、述怀，都饱含着救国济民的感情和积极奋进的精神。境界恢廓，情辞激越，笔力遒劲。有《莽苍苍斋诗》、《谭嗣同全集》等。

出潼关渡河①

平原莽千里②，到此忽嵯峨③。关险山争势④，途危石坠窝⑤。崤函罗半壁⑥，秦晋界长河⑦。为趁斜阳渡，高吟击楫歌⑧。

【注释】

①作于光绪十五年（1889年）。时年农历正月，作者自浏阳抵兰州其父谭继洵任所，不久即与兄嗣襄赴北京应试。潼关：关隘名，故址在今陕西潼关东南，处陕、晋、豫三省要冲，历来为

军事要地。②平原：指陕西关中平原，号称八百里秦川。③嵯（cuó）峨（é）：高峻突兀。④关险：潼关西接华山，南临商岭，关城雄踞山腰，下临黄河，十分险要。⑤石坠窝：山石坠落，下陷为洼处。⑥崤（xiáo）函：指崤塞（在今河南洛宁北）和函谷（在今河南灵宝）。罗：网罗。半壁：半边，此指半壁江山。句谓崤函封锁着半壁江山。⑦秦：古国名，辖地主要在今陕西。晋：古国名，辖地主要在今山西。长河：指黄河。句谓黄河为秦晋的分界。⑧击楫：东晋时五胡占据中原，祖逖统兵北伐，渡江中流，拍击船桨宣誓："祖逖不能清中原而复济者，有如此江！"见《晋书·祖逖传》。诗人借咏祖逖之事，表达了自己敢为天下先的壮志。

狱中题壁[①]

望门投止思张俭，忍死须臾待杜根[②]。
我自横刀向天笑[③]，去留肝胆两昆仑[④]。

【注释】

①光绪二十四年（1898年）变法失败，作者拒绝亲友们出奔避险的劝告，被捕入狱，意态从容，慷慨就义。此诗即遇害前在狱中所作。大有"死得其所，快哉快哉"的英勇气概。②张俭：字元节，东汉末年人，因弹劾宦官侯览，反遭诬陷，逃亡避害，"望门投止"（见门即往投宿），人们敬其品行，都冒险接待他。见《后汉书·张俭传》。忍死：强忍装死。须臾：片刻。杜根：东汉人，任郎中，时邓太后临朝摄政，他上书要求太后还政于帝，太后大怒，命人将他装入口袋，在殿上摔死。执法人同情杜根，

施刑不用力，载其出城后苏醒。太后派人察看，杜装死三天，得以逃脱。后邓氏被诛，杜根复官为侍御史。见《后汉书·杜根传》。③横刀：横陈佩刀，以示英勇无所畏惧。《三国志·魏志·袁绍传》："董卓呼绍，议欲废帝，立陈留王。""绍伪许之，曰：'此大事，出当与太傅议。'卓曰：'刘氏种不足复遗。'绍不应，横刀长揖而去。"此用其事，表示自己反对废光绪帝和坚持维新的态度。向天笑：表示从容就义的英雄气概。被捕前作者曾说："各国变法无不从流血而成，今日中国未闻有因变法而流血者，此国之所以不昌也。有之，请自嗣同始。"④肝胆：比喻真诚的心。两昆仑：梁启超《饮冰室诗话》："所谓两昆仑者，其一指南海（康有为），其一乃侠客大刀王五……浏阳（谭嗣同）少年尝从之受剑术，以道义相期许。戊戌之变，浏阳与谋夺门迎辟（指营救光绪帝），事未就而浏阳被捕，王五怀此志不衰。"

梁启超

梁启超（1873 ~ 1929 年），字卓如，号任公，别署饮冰室主人，饮冰子、哀时客、中国之新民、自由斋主人等。广东新会人。中国近代史上著名的政治活动家、启蒙思想家、资产阶级宣传家、教育家、史学家和文学家。戊戌变法领袖之一。他是康有为的学生，变法失败后，流亡日本，创办《清议报》、《新民丛报》等报刊，坚持改良主义，宣传君主立宪，反对资产阶级民主革命。在文学上，他提倡过"诗界革命"、"小说界革命"、"文界革命"，写过诗文、小说、戏曲，影响颇大。他的诗作抒发了民族危机感以及变法失败的愤慨，有一定进步意义。有《饮冰室全集》。

读陆放翁集[①]

其　一

诗界千年靡靡风，兵魂销尽国魂空[②]。
集中什九从军乐，亘古男儿一放翁[③]。

【注释】

①光绪二十五年（1899年）作于日本。陆放翁：即陆游，南宋著名爱国诗人。著有《剑南诗稿》、《渭南文集》等。②“诗界”二句：是说诗界近千年来充斥着柔弱、颓靡的风气，致使国家民族的战斗精神和高贵风尚都消磨尽了。国魂：国家的灵魂。指一国特有的高贵精神与风尚，一个国家、民族的活力。③什九：十分之九。此言其多，并非确指。亘古：自古以来，从古到今。诗末自注：“中国诗家无不言从军苦者，惟放翁则慕为国殇（为国牺牲的人），至老不衰。”这是诗人对陆游一生忧国忧民，渴望为南宋统一驰骋沙场的精神的高度赞扬。

陈去病

陈去病（1874 ~ 1933 年），字巢南，一字佩忍，别字病倩，号垂虹亭长。江苏吴江人，近代诗人。早年组织雪耻学会，与戊戌变法相呼应，后转向革命。1903 年赴日本，加入拒俄义勇队。次年回国在上海任《警钟日报》主笔，创办《二十世纪大舞台》杂志，鼓吹戏剧改良。1906 年加入同盟会。1909 年与柳亚子、高旭共同发起组织南社。辛亥革命后参加过反对袁世凯的斗争，晚年执教于南京东南大学。他的诗多抒发反清革命、振兴中华的豪情和壮志受挫的感叹。情绪激昂慷慨，风格质朴苍健。有些诗格调悲凉低沉。有《浩歌堂诗钞》。

中元节自黄浦出吴淞泛海[①]

舵楼高唱大江东[②]，万里苍茫一览空。海上波涛回荡极[③]，眼前洲渚有无中[④]。云磨雨洗天如碧[⑤]，日炙风翻水泛红[⑥]。唯有胥涛若银练，素车白马战秋风[⑦]。

【注释】

①作于光绪三十四年（1908 年），时作者由上海乘船赴汕头。诗中写了初出海时所见景物，并抒发了革命的情怀和对祖国命运的关切。中元节：旧以阴历七月十五日为中元节，俗称鬼节。佛教于此日举行盂兰盆会，诵经施食；民间则设祭超度先人。黄浦：江名，源出浙江嘉兴，流至上海市，合吴淞江，出吴淞口，会长江入海。吴淞：即吴淞口，由上海出海的必经口岸。②舵（duò）

楼：船上的楼舱。大江东：指苏轼《念奴娇·赤壁怀古》。词中有“大江东去，浪淘尽千古风流人物”，“江山如画，一时多少豪杰”等句。此借苏词抒慷慨情怀，兼点大江景色。③回：通“洄”，水流回旋。回荡：写海浪洄旋激荡。④渚：水中的小块陆地，小洲。洲渚：指海中岛屿。有无中：若有若无，时隐时现。⑤“云磨”句：自注：“烈日中忽遇阵雨。”磨：磨擦。碧：青玉。⑥炙：烤。水泛红：烈日映照下海水反射出耀眼的红光。⑦“唯有”二句：相传吴国打败越国后，伍子胥劝吴王警惕越国报复，吴王不听，命他自杀。伍子胥临死时，嘱咐儿子将其遗体投入钱塘江，以便早晚乘潮来看吴王失败。后江潮果然狂涌，有人见伍子胥乘素车白马立于潮头之上（参见《录异记》卷七）。这里用此典故，既借以描写波涛汹涌的景象，又暗抒拯救祖国危亡的不屈之志。

秋　瑾

秋瑾（1875 ~ 1907 年），原名秋闺瑾，字璿卿（璇卿），号鉴湖女侠。祖籍浙江山阴（今绍兴市），出生于福建厦门。蔑视封建礼法，提倡男女平等，常以花木兰、秦良玉自喻。性豪侠，习文练武，喜男装。庚子事变后，深感民族危机严重，决心献身救国事业，1904 年赴日留学，积极参加留日学生的革命活动，先后加入反清革命团体光复会及同盟会，并任同盟会浙江主盟人。1907 年徐锡麟在安庆起义失败，秋瑾的革命活动也随之暴露而被捕，在绍兴英勇就义。秋瑾早年即工诗文词，革命后的作品，多抒发憎恶清廷、忧时爱国之情，表达拯救危亡，献身革命之志。激昂慷慨，雄健奔放。有《秋瑾集》。

黄海舟中日人索句并见日俄战争地图[①]

万里乘风去复来[②]，只身东海挟春雷[③]。忍看图画移颜色[④]？肯使江山付劫灰[⑤]。浊酒不销忧国泪[⑥]，救时应仗出群才[⑦]。拼将十万头颅血，须把乾坤力挽回[⑧]。

【注释】

①作于光绪三十一年（1905年）。这首诗对帝国主义蹂躏、侵占我国领土和清政府丧权辱国的罪行表示极大的愤慨，抒写了诗人深挚的爱国感情和救亡图存的宏伟抱负。全诗格调高亢，虽出自女性之手，却不乏阳刚之美。索句：请求作者写诗。日俄战争：1904年，日、俄为争夺我国东北而进行的一场战争。腐败无能的清政府竟然宣布“中立”，丧权辱国，民遭涂炭。②万里乘风：指远渡重洋，同时寓指此行具有远大抱负。南朝刘宋时代的宗悫（què）年少时曾说：“愿乘长风破万里浪。”见《宋书·宗悫传》。后借以示壮怀。③东海：这里泛指祖国大陆以东的海面。挟春雷：隐喻诗人怀有激扬风雷，唤醒民众的壮志。④图画：指地图。移颜色：地图改变颜色，指领土被人侵占。⑤肯使：意为“岂能使”。江山：江河山岳，借指国家的疆土、政权。劫灰：佛家语，意思是天地经历劫火后烧剩的灰。这里用以指战火的灰烬。⑥浊酒：用糯米、黄米等酿制的酒，较混浊。销：消除。⑦出群才：出众超群的人才，此指革命的先觉者。⑧十万：喻指极多。乾坤：指国家、江山。

元、明、清词

元词是宋、金词学传统在特定时代环境中的延续和再生，是新的历史条件下文人心灵的写照。从中我们可以看到南北文化的差异与交流，以及相互之间的融汇与影响，领略到词在元代特有的风采和成就。

词发展到明代虽然没有消亡但是已经有了明显的衰退趋势，明词虽然上不如宋，下不如清，但是从中国词史发展的整体上来看，明词无疑是其中一个不可或缺的环节。它的存在并不是可有可无的，缺了它，就打破了中国词史的连续性和完整性。总体来说，明词虽然不如宋词那样光彩夺目、灿烂多姿，但也有其时代特色和自己的风格。

词盛于两宋，衰于元明，而复振兴于清，因此清词在词的发展历史上号称“中兴”。清词虽不是清朝文学艺术殿堂的首席，但其内容却空前广泛，风格更加多姿多彩。

耶律楚材

鹧鸪天　题七真洞[1]

花界倾颓事已迁[2]，浩歌遥望意茫然。江山王气空千劫[3]，桃李春风又一年。

横翠嶂，架寒烟。野花平碧怨啼鹃[4]。不知何限人间梦，并触沈思到酒边。

【注释】

①七真洞：见顾况《步虚词》，“回步游三洞，清心礼七真”。陆龟蒙《和怀茅山》诗：“望三峰拜七真堂。”自注：“三茅、二许、一杨、一郭，是为七真。”②花界：香界，指佛寺。韦应物《游琅玡寺》诗：“填壑跻花界。”罗邺《匡庐寺宿》诗：“花界登临转悟空。”这句是说佛家认为自己所居之

处为天堂和香花世界。③千劫：佛教用语，天地间一成一败叫作一劫。千劫指时间之久。④平碧：平芜，远望平原一片碧草。

【词解】

此词是作者看到倾颓的道观而生发的感怀。眼前荒凉颓废的道观与远处蓬勃生长的野草闲花两相映衬，形成了鲜明的对比，更显得人事之无常，让人感慨万千。寒烟、怨鸟，触目成愁，满怀愁绪都寄予词中。

前人评语，况周颐《蕙风词话》云，“耶律文正《鹧鸪天》歇拍云，‘不知何限人间梦，并触沈思到酒边。’高浑之至，淡而近于穆矣，庶几合苏之清，辛之健而一之”。

赵孟頫

赵孟頫（1254～1322年），字子昂，号松雪道人，湖州（今浙江湖州）人。元代著名画家，楷书四大家（欧阳询、颜真卿、柳公权、赵孟頫）之一。宋末以父荫补官，入元仕为翰林学士。博学多才，能诗善文，懂经济，工书法，精绘艺，擅金石，通律吕，解鉴赏。书法和绘画成就最高，开创元代新画风，被称为“元人冠冕”。诗格清逸，词亦有风致，为人所称。有《松雪词》一卷。

渔父词

渺渺烟波一叶舟，西风木落五湖秋①。盟鸥鹭②，傲王侯。管甚鲈鱼不上钩。

【注释】

①五湖：指江苏太湖。②盟鸥鹭：与白鹭沙鸥结盟为伴。语出《列子》。

【词解】

这首渔父词写渔家逍遥自在的生活，与张志和《渔歌子》风格相似。

《太平清话》云："松雪夫人管仲姬，生泖西小蒸，至今其路尚名管道。工诗善画，亦能小词，尝题《渔父图》云：'人生贵极是王侯，浮利浮名不自由，争得似，一扁舟。弄月吟风归去休。'松雪和之云云。"

冯子振

冯子振（1257～1325年？），字海粟，号怪怪道人、瀛洲客，攸州（今湖南株洲境内）人。至元中以荐入仕，官至承事郎集贤待制。博学强记，才思敏捷，著有《海粟集》。散曲今存四十四首，贯云石《阳春白雪序》称赞他的散曲"豪辣灏烂"。

鹧鸪天　赠歌儿珠帘秀

凭倚东风远映楼，流莺窥面燕低头。虾须瘦影纤纤织，龟背香纹细细浮[①]。

红雾敛，彩云收。海霞为带月为钩。夜来卷尽西山

雨，不着人间半点愁。

【注释】

①虾须：指竹帘。陆畅诗："劳将素手卷虾须。"龟背：指烹茶所起的水纹。刘兼《从弟舍人惠茶》诗："龟背起纹轻炙处，云头翻液乍烹时。"

【词解】

这是一首赠送给歌女的诗。"流莺窥面"句，写出女子容貌之美，有沉鱼落雁之意。接着描写楼内烹茶之景以及晚霞收尽、弯月如钩的楼外景色。虽然字面上作者是在写景，实际上心系于佳人，句句扣住"帘"字，语意双关，衬托出佳人之美。

本文依张宗橚《词林纪事》本，与徐釚《词苑丛谈》本有出入。《丛谈》本原文："十二阑干映远眸，醉香空断楚天秋。虾须影薄微微见，龟背纹轻细细浮。香雾敛，翠云收，海霞为带月为钩。夜来卷尽西山雨，不著人间半点愁。"《词综》相同，唯改"月"为"玉"。《青楼集》云：珠帘秀，姓朱氏，行第四，杂剧为当今独步。胡紫山宣尉，尝以《沉醉东风》曲赠云："锦织江边翠竹，绒穿海上明珠，月淡时、风清处，都隔断落红尘土。一片闲情任卷舒，挂尽朝云暮雨。"

虞 集

虞集（1272～1348年），字伯生，号道园，又号邵庵，宋丞相虞允文五世孙，其先武州宁远（今山西宁远）人，徙居江西崇仁。元代文学家，文与揭傒斯、柳贯、黄溍并称“元儒四家”；诗与揭傒斯、范椁、杨载齐名，人称“元诗四家”。大德初（1297年）荐授大都路儒学教授，累迁奎章阁侍书学士。纂修《经世大典》。平生为文多至万篇，著有《道园学古录》五十卷，《道园遗稿》六卷。

风入松　寄柯敬仲[①]

画堂红袖倚清酣，华发不胜簪[②]。几回晚直金銮殿，东风软、花里停骖[③]。书诏许传宫烛，轻罗初试朝衫[④]。

御沟冰泮水挼蓝。飞燕语呢喃[⑤]。重重帘幕寒犹在，凭谁寄银字泥缄[⑥]。为报先生归也，杏花春雨江南。

【注释】

①柯敬仲：即柯九思，仙居（属浙江）人，字敬仲，工诗善画，官至奎章阁学士。②清酣：清新酣畅。苏轼《西太一见王荆公旧诗偶次其韵》诗：“雨馀风日清酣。”华发不胜簪：是说白发稀少，已经没有办法再插住簪子了。③晚值金銮殿：金銮殿，皇帝宝殿。《文献通考·学士院》：“故事，学士掌内庭书诏，故学士院常在金銮殿侧……前朝因金銮坡以为门名，与翰林院相接，故为学士者称金銮，以美之。”停骖：停驻车马。骖，车辕两侧之马。④传宫烛：传唤执烛的宫人。这里指用金莲炬送学士归院

事。⑤呢喃：燕子的叫声。⑥银字泥缄：指书信。梁简文帝诗："昔日书银字。"

【词解】

这是一首寄赠友人的作品。以景结情，运情于景，可谓文采风流，自然雅致。"凭谁"句流露出对对方的思念，而"为报"句紧接之以自己的归讯相告，写得十分紧凑。

陶宗仪《辍耕录》云："吾乡柯敬仲先生，际遇文宗，起家为奎章阁鉴书博士，以避言路居吴下。时虞邵庵先生在馆阁赋《风入松》词寄之，词翰兼美，一时争相传刻，而此曲遂遍满海内矣。"瞿宗吉《归田诗话》云："虞邵庵在翰林，有诗云：'屏风围坐鬓毵毵，银烛烧残照暮酣。京国多年情尽改，忽听春雨忆江南。'又作《风入松》词云云，盖即诗意也，但繁简不同尔。曾见机坊以词织成帕，为时所贵重如此。张仲举词云：'但留意江南杏花春雨，和泪在罗帕。'即指此也。"

詹　正

詹正，生卒不详，字可大，别号天游，郢（今湖北江陵）人。宋末官翰林学士，入元落拓以终。工词，语多故国乔木之悲。有《天游词》传世。

霓裳中序第一

至元间，监醮长春宫。见羽士丈室古镜，状似秋叶，背有金刻“宣和御宝”四字，有感因赋。

一规古蟾魄，瞥过宣和几春色[1]。知那个、柳松花怯，曾搓玉团香，涂云抹月。龙章凤刻。是如何儿女消得[2]。便孤了，翠鸾何限，人更在天北。磨灭，古今离别。幸相从，蓟门仙客[3]。萧然林下秋叶。对云淡星疏，眉青影白。佳人已倾国。谩赢得痴铜旧画。兴亡事，道人知否？见了也华发。

【注释】

①蟾魄：古代传说月中有蟾蜍，所以用蟾魄指代月亮。《岁华纪丽》载“蛾眉蟾魄，皎兮出矣”之句，即指月出。词中“古蟾魄”是形容古镜像月亮一样明亮。又张佐《秦镜》诗有“圆规旧铸成”之句。宣和：宋徽宗年号。②“龙章凤刻”句：是说这面镌刻龙凤花纹的宝镜，十分贵重，不是一般人所能享用的。③幸相从，蓟门仙客：指宫镜落在道士手里。蓟门，代表燕都。仙客，指长春宫道士。

【词解】

这是一首咏物词。作者通过对古镜的吟咏，来寄托深刻的国家兴亡之感。上片首先用“古蟾魄”来形容古镜。中间用“柳松花怯”、“搓玉团香”、“涂云抹月”等词来形容宫中女眷妆饰之华丽。下片用“蓟门仙客”点出长春宫道人，又用“痴铜旧画”来形容古镜多年的被弃置的遭遇。词作用典甚多，但都非常贴切，无堆砌之病，而历史更迭的兴亡之感也寓于其中。

人月圆

惊回一枕当年梦，渔唱起南津①。画屏云嶂，池塘春草，无限消魂。

旧家应在，梧桐覆井，杨柳藏门。闲身空老，孤篷听雨，灯火江村。

【注释】

①渔唱：渔人所唱的歌曲。王勃《滕王阁序》：“渔舟唱晚，响穷彭蠡之滨。”南津：南浦。

【词解】

这首小令上片“惊回”句使人回到过去，追忆之情笼罩全篇。接下来的“画屏”二句，回忆梦中之景。下片“梧桐”二句是回忆梦中之人。末尾“孤篷”二句承接“渔唱”而来，描写现在的景物。全词穿插记叙，结构严密。

小桃红

一江秋水洗寒烟，水影明如练[1]。眼底离愁数行雁。雪晴天。

绿苹红蓼参差见。吴歌荡桨，一声哀怨，惊起白鸥眠[2]。

【注释】

①水影明如练：练，熟绢。谢朓《晚登三山还望京邑》诗："澄江静如练。"②吴歌：古乐府有吴歌，为江南一带民间歌曲。

【词解】

这首小令描绘了一幅美丽如画的风景，淡而有味，让人有置身旷野之感，可觉清气扑面。

萨都剌

萨都剌（1308～1355年），字天锡，号直斋，蒙古族人，居雁门（今山西）。元代著名诗人、画家、书法家。泰定四年（1327年）进士，历官闽海廉访知事、河北廉访经历等职。为文雄健而诗笔清丽，长于抒情。著有《雁门集》三卷，集外诗一卷。亦善词曲，有《天锡词》传世。

小阑干

去年人在凤凰池，银烛夜弹丝[1]。沉水香消，梨云梦暖，深院绣帘垂[2]。

今年冷落江南夜，心事有谁知？杨柳风柔，海棠月澹，独自倚阑时。

【注释】

①凤凰池：中书省所在地。《晋书·荀勖传》："勖自中书监除尚书令，人贺之，勖曰：夺我凤凰池，诸君何贺耶。"弹丝：弹奏琴瑟弦索。②沉水香消：即沉香。梨云梦暖：王建《梦梨花》诗："落落漠漠路不分，梦中唤作梨花云。"

【词解】

这首词是作者贬官江南之后所写的。上片写作者在翰林院应官时，宾僚宴集时的情景。下片写自己被贬官江南后独倚阑干的寂寞心情。两处的春夜景色一对比，含蓄地表达了作者心中的感怀触动。《词苑》云："笔情何减宋人。"

木兰花慢　彭城怀古

古徐州形胜，消磨尽，几英雄[1]。想铁甲重瞳，乌骓汗血，玉帐连空。楚歌八千兵散，料梦魂，应不到江东[2]。空有黄河如带，乱山回合云龙[3]。

汉家陵阙起秋风，禾黍满关中[4]。更戏马台荒，画

眉人远，燕子楼空[5]。人生百年寄耳，且开怀，一饮尽千钟。回首荒城斜日，倚栏目送飞鸿[6]。

【注释】

①古徐州形胜：徐州古为大彭氏国，春秋时为宋地，战国时属楚，秦置彭城县。项羽自称西楚霸王，曾经在此定都。所以说是形胜之地。②“想铁甲重瞳”六句：指项羽。重瞳，目中有双瞳。《史记·项羽本纪》，“吾闻之周生曰：舜目盖重瞳子，又闻项羽亦重瞳子，羽岂其苗裔耶。”乌骓：项羽所骑战马。汗血：大宛产的千里马。此句用来形容乌骓。玉帐：指军营。八千兵散：《史记·项羽本纪》：“项王欲东渡乌江，乌江亭长舣船待，谓项羽曰：江东虽小，亦足王也，愿大王急渡。项王曰：籍与江东子弟八千人渡江而西，今无一人还，纵江东父老见怜而王我，我何面目见之。遂自刎。”③黄河如带：徐州东下为黄河。《史记》：“封爵之誓曰：使河如带，泰山若厉，国以永宁，爰及苗裔。”云龙，山名。在徐州南。《通志》：“云龙山，宋武帝微时憩息此山，有云龙旋绕之。”“乱山回合云龙”，《雁门集》作“乱山起伏如龙”。④汉家陵阙：李白《忆秦娥》词：“西风残照，汉家陵阙。”此句为借用。⑤戏马台：旧址在今江苏徐州南，是项羽所筑之台，用来观看戏马（又名掠马台）。宋刘裕在彭城有九日出项羽戏马台

的故事，见《齐书》。燕子楼：旧址在徐州城北。白居易诗序："徐州故尚书张建封，有爱妓曰盼盼。尚书既没，归东洛。而彭城有张氏旧第，第中有小楼，名燕子楼。盼盼念旧爱而不嫁，居是楼十余年。"⑥目送飞鸿：嵇康诗："目送归鸿，手挥五弦。"

【词解】

这是一首怀古词，作者登临彭城而生发无限怀古之情。上片记述了西楚霸王项羽兵败乌江之事。下片用项羽戏马台，及盼盼燕子楼之旧事，凭吊英雄，悲念美人。运用了很多的典故，但是并无堆砌之嫌，反倒运用自然，如水入盐，融化无痕，又有新意。读来回肠荡气，感人至深。

人月圆　客垂虹

三高祠下天如镜，山色浸空濛[①]。莼羹张翰，渔舟范蠡，茶灶龟蒙[②]。

故人何在？前程那里[③]，心事谁同？黄花庭院。青灯夜雨，白发秋风。

【注释】

①三高祠：在江苏吴江。龚明之《中吴纪闻》："越上将军范蠡，江东步兵张翰，赠右补阙陆龟蒙，各有画像在吴江鲈乡亭。苏轼尝有吴江三贤画像诗。后易其名曰三高。"空濛：迷茫的样子。②莼羹张翰：刘义庆《世说新语》："张翰字季鹰，辟齐王东曹掾，在洛见秋风起，因思吴中菰菜莼羹、鲈鱼脍，曰：人生贵

适意尔，何能羁宦数千里以要名爵！遂命驾便归。”渔舟范蠡：《国语》：“范蠡乘轻舟浮于五湖，莫知其终极。”茶灶龟蒙：《唐书·陆龟蒙传》：“升舟设篷，席赍束书，茶灶笔床，钓具往来。时谓江湖散人。”③前程那里：《词综》作“前程莫问”。

【词解】

上片写怀古之思，头两句描写三高祠下水天一色的美丽情景。接着用“莼羹”、“渔舟”、“茶灶”等有特征性的事物点出了三位前修的身份。下片感慨今朝，用黄花、青灯、夜雨、白发、秋风描述了一幅孤寂的凄凉晚景，表现得深婉有致，让人心生哀叹。

陶宗仪

陶宗仪（1329～约1412年），字九成，黄岩（今浙江黄岩）人。著名的史学家、文学家。工诗文，深究古学。常客居松江，躬亲稼穑。闲时在树荫下休息，每有所得，即摘叶记录下来，然后把叶子储存在一个筐中，积累了十年之久，一日发而录之，得三十卷，名为《辍耕录》。又著有《南村诗集》四卷，及《说郛》、《书史会要》等。

南　浦

会波村，在松江城北三十里，其西九山离立，若幽人冠带拱揖状。一水兼九山南过村外，以入于海，而沟塍畎浍，隐翳竹树间。春时桃花盛开，鸡犬之声相闻，殊有武陵风概，隐者停云子居焉。一舟曰水光山色，时放乎中流，或投竿，或弹琴，或呼酒独酌，或哦咏陶谢韦柳诗，殆将与功名相忘。尝坐余舟中作茗供。襟抱清旷，不觉度成此曲。主人即谱入中吕调，命洞箫吹之，与童子櫂歌相答，极鸥波缥缈之思云。

如此好溪山，羡云屏九叠，波影涵素[①]。暖翠隔红尘，空明里，著我扁舟容与[②]。高歌鼓枻，鸥边长是寻盟去[③]。头白江南，看不了，何况几番风雨。

画图依约天开，荡清晖，别有越中真趣。孤啸拓篷窗[④]，幽情远，都在酒瓢茶具。水荭摇晚[⑤]，月明一笛潮生浦。欲问渔郎无恙否？回首武陵何许[⑥]。

【注释】

①云屏九叠：李白《庐山诗》："庐山秀出南斗旁，屏风九叠云锦张。"词中用以形容云山重叠之状。②暖翠：形容春山的颜色。陈造诗："檐外浮岚暖翠堆。"容与：舒闲放任的样子。《史记·司马相如传》："楚王乃弭节徘徊，翱翔容与。"③鼓枻：枻，船桨。《楚辞·渔父》："鼓枻而去。"④拓篷窗：篷窗，小篷船的窗户。拓，打开。⑤水荭：草名，生水旁，又名大蓼。⑥"欲问"两句：引用陶渊明《桃花源记》的故事。

【词解】

开头"如此好溪山"一句，点明了全词描述的中心。"云屏九叠，波影涵素"，写沿溪山色之美。溪

山风雨不定，四时烟景不同，所以说“看不了”。下片“画图依约天开”以下，具体描绘了溪山的妙趣所在：篷窗孤啸、月明一笛等，让人感到十分清幽飘逸，非常美妙。末句以“武陵何许”一问作结，余味盎然。

刘基

刘基（1311 ~ 1375 年），字伯温，浙江青田人。元末明初军事家、政治家及诗人。在文学史上，刘基与宋濂、高启并称“明初诗文三大家”。元末进士，任江西高安县丞。后弃官归。以辅佐朱元璋完成帝业、开创明朝驰名天下，被后人比作为诸葛武侯。明洪武三年封诚意伯，明武宗正德九年被追赠太师，谥文成，因而后人又称他刘诚意、刘文成、文成公。通经史、晓天文、精兵法。诗文闳深顿挫，自成一家。有《诚意伯文集》等传世。

水龙吟

鸡鸣风雨潇潇，侧身天地无刘表[1]。啼鹃迸泪，落花飘恨，断魂飞绕。月暗云霄，星沈烟水，角声清袅[2]。问登楼王粲，镜中白发，今宵又添多少[3]。

极目乡关何处，渺青山髻螺低小[4]。几回好梦，随

风归去，被渠遮了[5]。宝瑟弦僵，玉笙指冷，冥鸿天杪[6]。但侵阶莎草，满庭绿树，不知昏晓。

【注释】

①鸡鸣：《诗经》："风雨潇潇，鸡鸣胶胶。"潇潇：风雨的声音。侧身天地：杜甫诗："侧身天地更怀古。"侧身：戒慎恐惧，不能安身的样子。刘表：后汉高平人，字景升，官荆州刺史。当时中原混战，荆州之地偏安一隅，于是当时的很多士人百姓都归附于他。②角声清嬝：画角声清，余音不断。"嬝"同"嫋"。苏轼《前赤壁赋》："余音嫋嫋，不绝如缕。"③登楼王粲：三国时王粲登襄阳城楼写下了流传千古的《登楼赋》。词里作者以王粲自比。④髻螺：盘成螺形的发髻。形容远山苍翠的样子。释惠洪诗："落日远山螺髻青。"⑤被渠：被他。渠，他。⑥冥鸿：高飞的鸿雁。扬子《法言》："鸿飞冥冥，弋人何慕焉。"

【词解】

这首词是作者还未取得显赫的声名之前所作。上片"鸡鸣风雨潇潇"二句，说元末政治局势动荡不安，而这时的士民却没有刘表那样的人物可以投靠依附。"啼鹃迸泪"三句，写心中的无限愁绪。"月暗"以下几句，以王粲作客他乡、登楼作赋自比。下片承"登楼"意，写思乡之情。"不知昏晓"，与起句关合，反映了他对时势的看法。这

首词化豪迈雄壮于婉约之中，富有特色。

《草堂词评》云此词，“感喟激昂”。徐珂云：“伯温为元进士，入明以佐命功显，封诚意伯。此词为未遇时作。”

瑞龙吟

秋光好。无奈锦帐香销，绣帏寒早。钩帘人立西风，送书过雁，依然又到。故乡杳。空把泪随江水，梦萦江草[1]。何时赋得归来，倚松对柳，开尊醉倒[2]。

衰鬓不堪临镜。镜中愁见，蓬飞丝绕。门外远山，青青长带斜照。石泉涧月，辜负夜猿啸。伤心处，风凋露渚，荷枯烟沼。燕去元蝉老[3]。满天细语鸣羁鸟[4]。花蔓当簷袅。庭院静，遥闻清砧声捣。拥衾背壁，一灯红小。

【注释】

①梦萦江草：梦里还怀念着江边的花草。杜甫《哀江头》：“江草江花岂终极。”②赋得归来：晋代陶渊明《归去来辞》：“归去来兮，田园将芜，胡不归？”③元蝉：即玄蝉。④羁鸟：孤栖的禽鸟。陶渊明诗：“羁鸟恋旧林。”词里以羁鸟自比。

【词解】

这首词大体上分为三个层次。第一层写秋光、锦帐、钩帘人以及过雁，都是眼前的实景；第二层就景生发感想，产生了浓郁的乡思之情。第三层感叹人之老去，不敢对镜观颜，怕看到丑陋的老态，心中充满了愁绪。结句“拥衾背壁，一灯红小”，以景结情，寄意深刻婉转。

杨 慎

杨慎（1488～1539年），字用修，号升庵，四川新都人。正德六年（1511年）进士第一及第。官经筵讲官。以直谏忤旨，被明世宗朱厚熜廷杖谪戍云南永昌，死于贬所。杨慎博闻广识，著述极富，有《升庵词》二卷。其词好入六朝丽字，似近而远，然其妙处亦能过人。

转应曲

银烛[1]，银烛，锦帐罗帏影独。离人无语消魂。细雨斜风掩门。门掩，门掩，数尽寒城更点。

【注释】

①银烛：蜡烛之光皎洁如银，故称银烛。杜牧《秋夕》诗：“银烛秋光冷画屏。”

【词解】

此调始于唐戴叔伦，又名《调笑令》。笔意回环，音调婉转。作者的措辞沿袭戴叔伦词，而且在神韵上也颇为相像。

临江仙

《廿一史弹词》第三段说秦汉开场词[1]。

滚滚长江东逝水，浪花淘尽英雄[2]。是非成败转头空。青山依旧在，几度夕阳红。

白发渔樵江渚上，惯看秋月春风。一壶浊酒喜相逢。古今多少事，都付笑谈中。

【注释】

①《廿一史弹词》：长篇弹词，为杨慎所作，以正史所记载的事迹为题材写成唱文。②“滚滚”两句：用杜甫《登高》诗“不尽长江滚滚来”诗意，以及苏轼《念奴娇》词“大江东去，浪淘尽，千古英雄人物”词意。

王世贞

王世贞（1526～1590年），字元美，号凤洲，自称弇州山人，江苏太仓人。嘉靖十六年（1547年）进士。官至刑部尚书。著名文学家，才识渊博，好为诗古文。著有《弇州山人四部稿》。

忆江南

歌起处，斜日半江红。柔绿篙添梅子雨，淡黄衫耐藕丝风[1]。家在五湖东[2]。

【注释】

①梅子雨：即黄梅雨。《四时纂要》载："闽人以立夏后逢庚日为入梅雨，芒种后逢壬日为出梅，得雨乃宜耕耨。"藕丝风：如藕丝般微细的风。②五湖：对于五湖的解说人们有不同的看法，有的认为五湖指具区、洮滆、彭蠡、青草、洞庭这五个湖泊，记载见《史记索隐》。又有的认为五湖是太湖的别名，因为太湖周行有五百余里，所以叫作五湖，记载见《吴录》。本词中五湖当指太湖而言。

【词解】

这是一首写景词，作者用寥寥数语，描绘了一幅如画般的江南美景，让人不禁心生向往。语言简洁，风格清丽。

汤显祖

汤显祖（1550～1617年），字义仍，号海若，一字若士，别署清远道人，江西临川人，明代著名词曲家、评词家。万历十一年（1583年）进士。因弹劾权贵被贬，后投劾归。居玉茗堂，常以作曲自娱。有《玉茗堂词》、《汤评〈花间集〉》传世。

阮郎归

不经人事意相关。牡丹亭梦残[①]。断肠春色在眉弯。倩谁临远山。

排恨叠，怯衣单，花枝红泪弹。蜀妆晴雨画来难[②]。

高唐云影间。

【注释】

①牡丹亭：汤显祖著有《牡丹亭》传奇，共五十五出，内容写杜丽娘与柳梦梅的生死恋爱故事。以浪漫主义的手法揭露了封建礼教的罪恶。文辞飘逸韶秀，真挚动人，对后世戏剧的发展影响很大。它与《南柯记》、《邯郸记》、《紫钗记》合称“四梦”，实为《西厢记》以后少见之佳作。词里“牡丹亭梦残”句，即指此。②蜀妆：四川妇女的妆饰。

【词解】

沈雄《柳塘词话》评曰：“义仍精思异彩见于传奇，出其馀绪，以为填词……必指为义仍杰作也。”

王夫之

王夫之（1619 ~ 1692 年），字而农，号薑斋，湖南衡阳人。明末清初杰出的思想家、哲学家，与方以智、顾炎武、黄宗羲同称“明末四大学者”。明崇祯举人。瞿式耜荐于桂王，授官行人。晚年居衡阳石船山，筑土室曰观生居，闭门著书，世称“船山先生”。后往深山。王夫之学问渊博，尤精于经学、史学、文学。一生著作很多，如《读通鉴论》，后汇刊为《船山遗书》三百二十四卷，附《鼓棹》及《潇湘怨词》。

烛影摇红

瑞霭金台，琼枝光射龙楼雪[1]。群仙笑指九阊开，朱凤翔丹穴。云暗雁风高揭[2]，向海屋重标珠阙[3]。文鹓飞舞，日暖霜轻，小春佳节[4]。

迢递谁知，碧鸡影里催啼鴂[5]。骖鸾不得玉京游，难挽瑶池辙[6]。黄竹歌声悲咽。望翠甍双鸳翼折[7]。金茎露冷，几处啼乌，桥山夜月[8]。

【注释】

①瑞霭金台：祥瑞云气笼罩着金台。“琼枝”一句：雪白的花枝光照龙楼。②群仙：指朝廷文武官员。九阊：九重天门。阊，天门。朱凤翔丹穴：红凤凰飞翔于丹穴山。《山海经》上记载说丹穴山上有凤凰。此处用以形容凤阙的美观。高揭：高高掀起。③向海屋重标珠阙：永历元年，南明行宫在广东肇庆，所以说海屋。珠阙，形容宫阙华丽。④文鹓（yuān）：鸟名，似凤，有文彩，所以叫文鹓。此指朝廷文武官员。小春：农历十月称小春。⑤碧鸡：山名，在昆明附近。⑥难挽瑶池辙：瑶池辙，指周穆王西征在泾川回山瑶池会见西王母之事。⑦甍（méng）：屋脊。双鸳：指瓦形如鸳鸯。⑧桥山：相传黄帝埋葬之处。

【词解】

此乃伤怀永历帝（南明最后一个皇帝朱由榔）之词。1646年，清兵攻克福州，隆武帝（南明皇帝朱聿键号）被杀，朱由榔即位于广东肇庆，1656年为清兵攻破，后入缅甸。1662年为吴三桂所杀，南明亡。这首词用了一些象征性的事物，隐晦迷离地记录了这一段悲痛的历史。遗臣孤愤，哀怨焉能不深！

摸鱼儿

东洲桃浪，潇湘小八景词之三。

剪中流，白蘋芳草，燕尾江分南浦[①]。盈盈待学春花靥[②]，人面年年如故。留春住，笑几许浮萍，旧梦迷残絮。棠桡无数[③]。尽泛月莲舒，留仙裙在[④]，载取春归去。

佳丽地[⑤]，仙院迢迢烟雾。湿香飞上丹户[⑥]。醮坛珠斗疏灯映，共作一天花雨[⑦]。君莫诉。君不见桃根已失江南渡[⑧]。风狂雨妒，便万点落英，几湾流水，不是避秦路[⑨]。

【注释】

①燕尾：江流南北分岔如燕尾形。②靥：面颊。春花靥，是说面貌像春天花朵一样。③棠桡：词句里代指船。④留仙裙：汉代时宫廷中流行的一种裙子的款式。⑤佳丽地：指东洲。⑥丹户：红色大门。⑦醮（jiào）坛：道士敬神的祭坛。珠斗：星斗。花雨：即雨花之义。

⑧“君不见桃根”一句：引《古今乐录》，王献之妾名叫桃叶，其妹名桃根。献之曾临渡歌送之：“桃叶复桃叶，渡江不用楫，但渡无所苦，我自迎接汝。”又曰：“桃叶复桃叶，桃树连桃根，相连两乐事，独使我殷勤。”后人把秦淮青溪合流处称为桃叶渡。词中之意是说南京已陷落，明朝已经灭亡了。⑨避秦路：引陶渊明《桃花源记》“先世避秦时乱”，在此指无避乱之地。

【词解】

叶恭绰曰：“故国之思，体兼骚、辨。船山词言皆有物，与并时批风抹露者迥殊，知此方可以言词旨。”（《广箧中词》）

更漏子　本意

斜月横，疏星炯[①]。不道秋宵真永。声缓缓，滴泠泠。双眸未易扃[②]。

霜叶坠，幽虫絮[③]，薄酒何曾得醉。天下事，少年心。分明点点深。

【注释】

①炯：明亮。②声缓缓，滴泠泠：指漏壶滴水之声。双眸未易扃：两眼未易闭合，谓失眠。扃，关闭、合上。③幽虫絮：谓虫儿吟鸣，好像言语絮叨。

【词解】

朱彝尊云：“花间体制，调即是题。如《女冠子》即咏女道士，《河渎神》即为送迎神曲，《虞美人》即咏虞姬是也。”此调《更漏子》题即为本义。这首小令在劲气直达中含情表慨，故不嫌坦直。此学五代气格之高者。

玉楼春　白莲

娟娟片月涵秋影，低照银塘光不定。绿云冉冉粉初匀[①]，玉露泠泠香自省。

荻花风起秋波冷，独拥檀心窥晓镜[②]。他时欲与问归魂，水碧天空清夜永。

【注释】

①绿云冉冉：绿云缓缓流动的样子。冉冉，缓缓意。②檀心：浅红色的花蕊。

【词解】

咏物之词以寄托为上。此词上片“月涵秋影”句已点出“白”字来，犹恐不足，又用“银塘”衬托。“绿云冉冉”二句写出白莲在玉露中幽香四溢。下片前二句写白莲檀心窥镜，顾影自怜，无人欣赏。结尾二句是说在此一片凄清之境中，有谁来问归魂？作者以此传述当时亡国漂泊无依之感，读来使人感受深刻。

蝶恋花　衰柳

为问西风因底怨[1]。百转千回，苦要情丝断。叶叶飘零都不管，回塘早似天涯远。

阵阵寒鸦飞影乱。总趁斜阳，谁肯还留恋。梦里鹅黄拖锦线[2]，春光难借寒蝉唤。

【注释】

①因底怨：底，作“什么事”解。这句是说因什么缘故而生怨气。②鹅黄：浅黄色。

【词解】

这首词用托物寄怀之法，意在言外。上片“叶叶飘零都不管，回塘早似天涯远”，下片“梦里鹅黄拖锦线，春光难借寒蝉唤”句，喻明朝大势已去，局势已无法挽救。语调婉转而意义深远，把眷恋故国的悲怆之情含蓄而深致地表达了出来。

绮罗香

读《邵康节遗事》：属纩之际，闻户什人语，惊问所语云何[1]？且云：“我道复了幽州。”声息如丝，俄顷逝矣。有感而作。

流水平桥，一声杜宇，早怕洛阳春暮[2]。杨柳梧桐，旧梦了无寻处。拼午醉，日转花梢，甚夜阑、风吹芳树。到更残，月落西峰，泠然蝴蝶忘归路。

关心一丝别罣[3]，欲挽银河水，仙槎遥渡[4]。万里闲愁，长怨迷离烟雾。任老眼、月窟幽寻[5]，更无人、花前低诉。君知否，雁字云沉，难写伤心句。

【注释】

①邵康节：北宋哲学家邵雍。②洛阳春暮：洛阳，当时北宋都城。此句意为宋室将乱。③罣：同“挂”。④仙槎：神话中能来往于海上和天河之间的竹木筏。槎：木筏。⑤月窟：月宫。

【词解】

此词乃伤念世乱之作，却不胜异代同悲之感。咏邵雍即所以自咏。缠绵凄切，忠爱之遗，实为词中独造之境。况周颐《蕙风词话》评云：“世讥明词纤靡伤格，未为允协之论。明词专家少，粗浅芜率之失多，诚不足当宋元之续。唯是纤靡伤格，若祝希哲、汤义仍（原注，义仍工曲，词则弊甚）、施子野辈，偻指不过数家，何至为全体诟病。洎乎晚季，夏节愍、陈忠裕、彭茗斋、王薑斋诸贤，含婀娜于刚健，有风骚之遗则，庶几纤靡者之药石矣。”

夏完淳

夏完淳，明末著名诗人。他的诗词悲壮慷慨。作有《大哀赋》，奇情异彩，读来令人惊心动魄。

卜算子

秋色到空闺，夜扫梧桐叶。谁料同心结不成[①]，翻就相思结。

十二玉阑干，风有灯明灭。立尽黄昏泪几行，一片鸦啼月。

【注释】

①同心结：古人用彩丝缠绕做同心之结。喻永结同心之意。

【词解】

这首词表面写闺怨，但寄意遥深。“立尽黄昏泪几行”，寓有国破家亡、身世凄凉之感。沈雄《柳塘词话》评云：“夏存古《玉樊堂词》……慷慨淋漓，不须易水悲歌，一时凄感，闻者不能为怀。”

鱼游春水　春暮

离愁心上住，卷尽重帘推不去。帘前青草，又送一番愁句。凤楼人远箫如梦，鸳枕诗成机不语[①]。两地相

思，半林烟树。

犹忆那回去路，暗浴双鸥催晓渡。天涯几度书回，又逢春暮。流莺已为啼鹃妒，蝴蝶更禁丝雨误。十二时中，情怀无数。

【注释】

①鸳枕：鸳鸯枕。机不语：机杼无声息。

【词解】

这首词表面写暮春时节情人隔地相思，转而“流莺”二句，却透露出国亡家破、盛时难再的时代悲哀。

烛影摇红

辜负天工，九重自有春如海[①]。佳期一梦断人肠，静倚银釭待[②]。隔浦红兰堪采。上扁舟，伤心欸乃[③]。梨花带雨，柳絮迎风，一番愁债。

回首当年，绮楼画阁生光彩。朝弹瑶瑟夜银筝，歌舞人潇洒。一自市朝更改。暗销魂，繁华难再。金钗十二，珠履三千，凄凉千载[④]。

【注释】

①天工：大自然的工巧。九重：九重天。春如海：春光如海水般浩荡。②银釭：指灯。③欸乃：棹歌声。④金钗十二：比喻侍女之多。珠履三千：比喻门客之多。珠履，《史记·春申君列传》中说春申君家中的上客皆穿珠履。

【词解】

这首词作于南都沦陷之后。上片写故乡松江之景，眼前的烟花都成愁怨。下片回忆当年南都旧事，曾经歌舞繁华都随流水一去不返。整首词表现出作者对国家颠覆的无限感伤。

《蕙风词话》评此词云："声哀以思，与《莲社词》（南宋张抡词集名）《双阙中天》阕，托旨略同。"

毛奇龄

毛奇龄（1623 ~ 1716 年），字大可，又名甡，字初晴，一字于一，又号齐于、秋晴、晚晴，别号河右。浙江萧山人。清代的大学者、文学家。以郡望西河，学者称"西河先生"，与其兄万龄有"江东二毛"之称，清康熙十七年（1678 年）举博学鸿词，授翰林院检讨，预修《明史》。工诗词，其小令仿学"花间"，兼有南朝乐府风味，在清初词家中，独树一帜。著书数百卷，有《西河全集》附《桂枝词》六卷。

南柯子

淮西客舍接得陈敬止书，有寄[①]。

驿馆吹芦叶，都亭舞柘枝[②]。相逢风雪满淮西，记得去年残烛照征衣。

曲水东流浅，盘山北望迷[③]。长安书远寄来稀，又是一年秋色到天涯[④]。

【注释】

①淮西：淮河以西之地。②驿馆：驿站所设供行人休息之客舍。芦叶：即芦笳。乐器。都亭：城下之亭。柘枝：舞曲名。③曲水：形容河流曲折。盘山：形容山势蜿蜒。④长安：指京城。

【词解】

这首词写作者在羁旅中怀念京城友人。

谭献《箧中词》评此词云："北宋句法。"

相见欢

花前顾影粼粼[①]，水中人，水面残花片片绕人身。

私自整，红斜领，茜儿巾。却讶领间巾底刺花新[②]。

【注释】

①粼粼：水流清澈貌。②茜：暗红色。刺花：刺绣成的花朵。

【词解】

这首词写一个妇女在水边照影时，水面残花与人面交相辉映之景。艺术手法从温庭筠《菩萨蛮》“照花前后镜，花面交相映。新贴绣罗襦，双双金鹧鸪”词中转化而来。

陈廷焯《白雨斋词话》评毛词云：“西河经术湛深，而作诗却能谨守唐贤绳墨，词亦在五代、宋初之间，但造境未深，运思多巧；境不深尚可，思多巧则有伤大雅矣。”

朱彝尊

朱彝尊（1629 ~ 1709 年），字锡鬯，号竹垞，又号金风亭长、驱舫，晚号小长芦钓鱼师。浙江嘉兴人。清康熙十八年（1679 年）举博学鸿词，以布衣授翰林院检讨，入直南书房，曾参加纂修《明史》。曾出典江南省试。后因疾未及毕其事而罢归。其学识渊博，通经史，擅长诗词古文。词推崇姜夔、张炎，为浙派词的创始者。作品有《曝书亭集》等。

卖花声　雨花台[①]

衰柳白门湾，潮打城还[②]。小长干接大长干[③]。歌板酒旗零落尽，剩有渔竿。

秋草六朝寒，花雨空坛[4]。更无人处一凭阑。燕子斜阳来又去，如此江山[5]！

【注释】

①雨花台：在江苏南京。②白门：此言刘宋都门事，即今南京。潮打城还：浪潮拍打城墙而回。③小长干、大长干：均为南京地名。④六朝：吴、东晋、宋、齐、梁、陈。花雨空坛：花雨，指雨花台。此句谓雨花台只剩下空坛了。⑤燕子斜阳来又去：燕子在斜阳中飞来飞去。

【词解】

这首词是作者游览雨花台的吊古伤今之名作。雨花台所在地南京，不仅是六朝的都会，明朝开国皇帝朱元璋和明末的福王也曾以南京为都城。作者生于明清交替之际，游览雨花台时有所感触。词中写道：繁华的都市荒凉，歌板酒旗零落，雨花台成为空坛，豪门贵族家的燕子飞到寻常老百姓家中去了。尤其是末二句："燕子斜阳来又去，如此江山！"是全词中的警句。这二句运用唐人诗意，写出作者对时过境迁而江山依旧这种沧桑兴亡的感慨。《卖花声》即《浪淘沙》。前代词家用《浪淘沙》词牌作词的，少见雄健之风，多有凄婉之意。朱彝尊这首词却写得刚断遒劲，声调雄健，从艺术性上看，有其独到之处。

纳兰性德

纳兰性德（1654 ~ 1685 年），原名成德，字容若，号楞伽山人，满洲正黄旗人。太学士明珠长子。康熙进士，官一等侍卫。他为人淡泊名利，所交游皆一时俊异，与顾贞观、陈维崧等尤契厚。善骑射，好读书，擅长于词。作词主情致，工小令，诗词多哀感顽艳，有南唐后主李煜之遗风。其悼亡词情真意切，痛彻肺腑，令人不忍卒读。他的诗词不但在清代词坛享有很高的声誉，在整个中国文学史上，也以“纳兰词”为词坛一说而占有一席之地。

杨芳灿曾说纳兰词：“骚情古调，侠肠儁骨，隐隐奕奕，流露于豪楮间。”又曰：“先生貂珥朱轮，生长华膴，其词则哀怨骚屑，类憔悴失职者之所为。盖其三生慧业，不耐浮尘，寄思无端，抑郁不释，韵淡疑仙，思幽近鬼，年之不永，即兆于斯。”

浣溪沙

谁念西风独自凉？萧萧黄叶闭疏窗。沈思往事立残阳。

被酒莫惊春睡重，赌书消得泼茶香[①]。当时只道是寻常。

【注释】

①赌书消得泼茶香：李清照《金石录后序》：“余性偶强记，每饭罢，坐归来堂烹茶，指堆积书史，言某事在某书某卷第几页第

几行，以中否角胜负，为饮茶先后。中，即举杯大笑，至茶倾覆怀中，反不得饮而起。”

【词解】

这是一首悼亡词。上片写丧偶后的孤单。下片“被酒”、“赌书”一联是回忆往事。结尾句从黄东甫《眼儿媚》“当时不道春无价，幽梦费重寻”句中化出，意思是说：生活里常常有这么一种情况—当时以为是极其寻常的事，到了后来追忆起来，才觉得它是多么珍贵！

菩萨蛮

催花未歇花奴鼓①，酒醒已见残红舞。不忍覆余觞，临风泪数行。

粉香看又别②，空剩当时月。月也异当时，凄清照鬓丝。

【注释】

①花奴鼓：引《杨妃外传》：“汝阳王琎，小名花奴，尤善羯鼓。帝尝谓侍臣曰：‘召花奴将羯鼓来为我解秽。’”②粉香：指妇女。

【词解】

这首词由离筵写起，羯鼓催花还没停，却见落花纷纷，暗比好景不常在。写盛筵将散，表现出伤离别的惆怅之情。下阕紧承上阕再渲染悲伤情绪，“空剩当时月”顿现寂寞凄凉。末二句回归实处，写独在月下的痴情思念，无法排解的忧伤。

蝶恋花

辛苦最怜天上月。一昔如环，昔昔都成玦[①]。若似月轮终皎洁，不辞冰雪为卿热[②]。

无那尘缘容易绝。燕子依然，软踏帘钩说。唱罢秋坟愁未歇，春丛认取双栖蝶[③]。

【注释】

①一昔如环：谓一夜满月如环。一昔，一夜。环，圆形玉璧。昔昔都成玦（jué）：谓夜夜明月都如玉玦。半环玉佩曰玦。②冰雪：谓月轮中很冷。③秋坟：即指坟地。双栖蝶：东晋会稽梁山伯，以病死。相传山伯曾与上虞祝英台同学，祝适马氏，过山伯墓，大号恸，地忽自裂，遂与山伯同葬，后来化为双飞蝴蝶。

【词解】

这是一首情词，也可能是悼亡词。上片说，爱情如同月之圆缺，圆满的时间短，缺损的时间长。接着又说，如果爱情能像月亮一般始终皎洁，即使你在冰雪之中，我也要用爱情之火来温暖你。下片写伤逝者的哀伤：双燕在帘间呢喃，衬托出人的孤单。结语把永恒的爱情寄托在化蝶上。

浣溪沙

记绾长条欲别难，盈盈自此隔银湾[1]。便无风雪也摧残。

青雀几时裁锦字，玉虫连夜翦春旛[2]。不禁辛苦况相关。

【注释】

①记绾（wǎn）长条欲别难：谓两情相悦，如柳条系住，不易分离。绾，钩系。长条，指柳条。盈盈自此隔银湾：谓情人离别就像隔了一条清浅的银河。盈盈，清浅貌。银湾，银河。②青雀：《洞冥记》："有女人爱悦于帝（汉武帝），名曰巨灵。帝傍有青珉唾壶，巨灵出入其中。东方朔望见，目之，因飞去，化成青雀。帝乃起青雀台，时见青雀来，不见巨灵也。"锦字：指锦字书。玉虫连夜翦春旛：谓连夜在灯花下翦春旗。玉虫，指灯花。春旛，春旗。

【词解】

这是一首感伤离别的词，极言离别对于人的摧残，有如风雪。下片"青雀"一联是说春天到了，她的书信写了没有呢？他一连几夜在灯下等待着。赵师秀诗："有约不来过夜半，闲敲棋子落灯花。”“闲敲棋子”和“翦春旛”同一机杼。结语说，思念人是很辛苦的事，何况她是他相关的人呢！

金缕曲　赠梁汾[①]

德也狂生耳！偶然间、缁尘京国，乌衣门第[②]。有酒惟浇赵州土，谁会成生此意[③]？不信道、遂成知己。青眼高歌俱未老，向尊前、拭尽英雄泪[④]。君不见，月如水。

共君此夜须沈醉。且由他、蛾眉谣诼，古今同忌[⑤]。身世悠悠何足问，冷笑置之而已！寻思起、从头翻悔。一日心期千劫在，后身缘恐结他生里[⑥]。然诺重[⑦]，君须记！

【注释】

①梁汾：顾贞观号。②德也狂生耳：纳兰性德自谓。缁尘京国：谓在京城奔走供职，衣裳为风尘染黑。缁，黑色。乌衣门第：乌衣，乌衣巷，六朝时王谢两大望族的居住地。此句谓生在贵族之家。③有酒惟浇赵州土：引李贺《浩歌》诗：“买丝绣作平原君，有酒惟浇赵州土。”此说是因为平

原君是赵国的贤公子，还因为燕赵自古多慷慨悲歌之士。成生：性德自指。不信道、遂成知己：不信道，表示惊怪之意。遂成知己：谓与顾贞观遂成知己朋友。④青眼：眼睛色青。喜时正视，则见青处。表示对之喜爱或尊重。尊前：酒杯前。尊同“樽”，盛酒的器具。⑤蛾眉谣诼：谓美女遭人妒忌。蛾眉，此指美女。谣诼，造谣诽谤。⑥一日心期千劫在：谓一日心期相许，成为知己，其情感虽经历千劫，仍然存在。后身缘：即身后因缘。这句话的意思是：到来生还要成为知己朋友。⑦然诺重：答允了的话，不再食言。

【词解】

纳兰性德在清初做了不少团结知识分子的工作。他以满族贵公子兼词家的身份，结交了许多汉族知名人士，徐乾学称纳兰性德“君所交游，皆一时俊异，于世所称落落难合者，若无锡严绳孙、顾贞观，秦松龄、宜兴陈维崧、慈溪姜宸英尤所契厚。吴江吴兆骞，久徙绝域，君闻其才名，赎而还之。坎坷失职之士，走京师，生馆死殡，于赀财无所计惜”。这首词中“有酒唯浇赵州土”句，是引用李贺的诗句，以此来说明他服膺平原君的为人。纳兰性德招揽当时许多文人才士，不仅为文坛增添声色，且对清初的政治局面起了稳定作用。

南乡子　为亡妇题照[1]

泪咽却无声，只向从前悔薄情。凭仗丹青重省识，盈盈，一片伤心画不成[2]。

别语忒分明，午夜鹣鹣梦早醒③。卿自早醒侬自梦，更更，泣尽风檐夜雨铃④。

【注释】

①亡妇：纳兰性德之妻。②丹青：指画。盈盈：形容美女之词。一片伤心画不成：谓眼前一片伤心之景作不成画。③忒(tuī)：太。鹣鹣：古称比翼鸟。④夜雨铃：用“雨淋铃”故事。《碧鸡漫志》记载：唐玄宗幸蜀，于霖雨中闻铃声，帝悼念贵妃，作《雨霖铃》，以寄恨。

【词解】

陈维崧《词评》评纳兰词：“饮水词哀感顽艳，得南唐二主之遗。”顾贞观《通志堂词序》：“容若天资超逸，翛然尘外，所为乐府小令，婉丽凄清，使读者哀乐不知所主。”《箧中词》引周之琦评语：“容若长调多不协律，小令则格高韵远，极缠绵婉约之致。能使残唐坠绪，绝而复续，第其品格，殆叔原、方回之亚乎？”王国维《人间词话》：“纳兰容若以自然之眼观物，以自然之舌言情，此由初入中原，未染汉人风气，故能真切如此，北宋以来，一人而已。”丁药园曰：“容若填词，有《饮水》、《侧帽》二本，大约于尊前马上得之，读之如名花美锦，郁然而新。又如太液波澄，明星皎洁。”聂晋人曰：“容若为相国才子，少工填词，香艳中更觉清新，婉丽处又极逸俊，真所谓笔花四照，一字动移不得者也。”

蒋士铨

蒋士铨（1725～1785年），字心馀、清容、苕生，号藏园，江西铅山人。乾、嘉时期一个有影响的诗人，与袁枚、赵翼并称“乾隆三大家”。乾隆三十二年（1757年）进士，投编修。工诗、词、剧曲，词格与陈维崧为近。著有《铜弦词》。

水调歌头　舟次感成

偶为共命鸟，都是可怜虫[1]。泪与秋河相似[2]，点点注天东。十载楼中新妇，九载天涯夫婿，首已似飞蓬[3]。年光愁病里，心绪别离中。

咏春蚕，疑夏雁，泣秋蛩[4]。几见珠围翠绕[5]，含笑坐东风？闻道十分消瘦，为我两番磨折，辛苦念梁鸿[6]。谁知千里夜，各对一灯红。

【注释】

①共命鸟：《翻译名义集·杂宝藏经》中记载的一种鸟。可怜虫：形容男儿胆小。②秋河：秋夜的银河。③飞蓬：形容头发散乱。④咏春蚕：李商隐诗：“春蚕到死丝方尽。”疑夏雁：夏天无雁，故曰疑夏雁。泣秋蛩：此谓泣如秋蛩。⑤几见珠围翠绕：几曾见她（指妻）珠围翠绕？珠围翠绕，此喻富足华贵。⑥梁鸿：东汉人。

【词解】

这是作者怀念妻子之作。“十载楼中新妇，九载天涯夫婿”，谓十年中九年远别。“几见珠围翠绕，含笑坐东风”谓不能使妻子过上富足无忧的生活，因而心感歉疚。

谭献《箧中词》评此词曰：“生气远出，善学坡仙。”

龚自珍

湘 月

壬申夏泛舟西湖[①]，述怀有赋，时予别杭州盖十年矣。

天风吹我，堕湖山一角，果然清丽[②]。曾是东华生小客[③]，回首苍茫无际。屠狗功名，雕龙文卷，岂是平生意[④]？乡亲苏小，定应笑我非计[⑤]。

才见一抹斜阳，半堤香草，顿惹清愁起。罗袜音尘何处觅，渺渺予怀孤寄[⑥]。怨去吹箫，狂来说剑，两样消魂味。两般春梦，橹声荡入云水[⑦]。

【注释】

①壬申：嘉庆十七年（1812 年）。②“天风吹我”三句：自谓生长在杭州。湖山清丽，指西湖风景。③东华生小客：谓小时曾客居京城。东华，指京城。生小，犹言小时。客，作客或客居。④屠狗功名：谓屠狗者得功名。雕龙文卷：对文章精雕细琢。雕龙，比喻精细如雕刻龙纹。岂是平生意：谓平生大志，不是赢得功名与文名而已。⑤乡亲苏小：苏小，即苏小小，南齐钱塘名妓，见《乐府解题》。一说苏小小是南宋钱塘妓，见《武林旧事》。非

计：不好的打算。⑥罗袜音尘：谓美人步履轻逸。渺渺：极目远视。⑦两般春梦：谓功名与文名都如春梦。橹：拨水使船前进之具。

【词解】

此词写出了作者的身世没落及其无奈情绪，读起来荡气回肠。此词出后，歙洪子骏赞曰：“结客从军双绝技，不在古人之下。更生小、会骑飞马。如此燕邯轻侠子，岂吴头楚尾行吟者。”又曰：“一棹兰舟回细雨，中有词腔姚冶。忽顿挫、淋漓如话。侠骨幽情箫与剑，问箫声剑态谁能画？且付与，山灵诧。”（歙洪子骏《金缕曲》）吴山人文徵为其作《箫心剑态图》。而谭献谓自珍词“绵丽飞扬，意欲合周（邦彦）辛（弃疾）而一之，奇作也。”此词即可一见。

鹊踏枝[1]

过人家废园作。

漠漠春芜春不住，藤刺牵衣，碍却行人路。偏是无情偏解舞，濛濛扑面皆飞絮。

绣院深沉谁是主？一朵孤花，墙角明如许。莫怨无人来折取，花开不合阳春暮。

【注释】

①鹊踏枝：即《蝶恋花》。

【词解】

此词写作者过废园时所见之景，景语中有情语。此词上片中的藤刺与飞絮，或含有对时局的感慨（龚自珍生于清朝内忧外患初亟时）。下片中的墙角孤花，是作者对自己的写照。结语是美人迟暮之意。

浪淘沙　书愿

云外起朱楼，缥缈清幽，笛声叫破五湖秋①。整我图书三万轴，同上兰舟②。

镜槛与香篝，雅憺温柔③。替侬好好上帘钩。湖水湖风凉不管，看汝梳头。

【注释】

①五湖：太湖之别名。②轴：卷轴。兰舟：指小船。③镜槛：镜架。香篝：香炉外的笼罩。篝，竹笼。憺（dàn）：安然。

【词解】

云外起朱楼，即所谓空中楼阁。此乃作者自勾出的理想的境界：整理图书，携她于太湖之上泛舟游玩，且看她梳头。此词中，作者隐约以春秋时范蠡在辅佐勾践灭吴后，功成身退，携西施泛舟五湖而不返之结局为他自己的理想归宿。

谭献《箧中词》评曰：“定公能为飞仙、剑客之语，填词家长爪梵志也。昔人评山谷诗‘如食蝤蛑，恐发风动气’，予于定公词亦云。”

王鹏运

王鹏运（1849 ~ 1904 年），字幼遐，号半塘，晚号鹜翁，广西桂林人。同治九年（1870 年）举人，历官内阁侍读、监察御史、礼科给事中。他支持并参与康有为的改良主义运动，同情戊戌变法。他屡次抗疏言事，几罹杀身之祸。其词承常州的余绪，而予以发扬光大，词风沉郁，语言工丽，多反映对清廷江河日下的趋势无可奈何的哀叹。有《半塘定稿》等多种。所辑《四印斋所刻词》，以校勘精审见称。

点绛唇　饯春

抛尽榆钱[1]，依然难买春光驻。饯春无语，肠断春归路。

春去能来，人去能来否？长亭暮，乱山无数，只有鹃声苦。

【注释】

①榆钱：榆树花后结实，垂垂成串，故谓榆钱。

【词解】

这首词的题目是饯春，但“人去能来否”句才是此词的核心所在。结语“长亭暮，乱山无数”是作者目见，“鹃声苦”是耳闻。由此一见一闻构成一种凄婉的氛围，衬托这首小令所表达的主题思想：离愁。